Ich sitze hier, weil ich lesen will!

Michael Storch

Ich sitze hier, weil ich LESEN will!

einhorn

1. Auflage, April 2014

Herstellungsleitung
Johannes Paus, einhorn-Verlag
Gestaltung
Jacqueline Oettle, einhorn-Verlag

Bilder
Michael Storch, privat, Seite: 7, 8, 9, 10, 12, 13, 18, 20, 31, 39, 43, 51
ClipDealer, Seite: 24, 25, 35
doppelpunkt-Werbeagentur, Seite 27, 57, 59
Titelbild
© ammentorp – 123RF.com

Gesamtherstellung
einhorn-Verlag+Druck GmbH
Schwäbisch Gmünd
www.einhornverlag.de

Druck
Fischer Druck, Schwäbisch Gmünd

Printed in Germany

ISBN 978-3-95747-007-2

Hochwasser in Gmünd?

Es war einer der dunklen Novembertage 2002. Ich folgte einer Einladung ins renommierte Veranstaltungsgebäude Prediger im Herzen von Schwäbisch Gmünd. Angesichts der Jahreszeit drängten sich viele dunkel gekleidete Menschen ins Gebäude. Mit schwäbischer Pünktlichkeit begann der Vortrag über die kommende nicht aufzuhaltende Klimakatastrophe für die Heimat. Der eigens dafür aus München angereiste Professor X legte sich mächtig ins Zeug. Das Klima wandelt sich schneller als gedacht und im Remstal müsse man sich bald auf norditalienische Wetterverhältnisse einstellen. Im Sommer unbarmherzige Hitzeperioden und im Winter massive Regenfälle. In Gedanken begann ich bereits Mandel- und Aprikosenbäume in meinem Garten zu pflanzen und überlegte mir kleine Schirmchen, um sie vor dem Regen zu beschützen. Meine Novemberlaune besserte sich zusehends. Ich blickte um mich – meinen Nebensitzern schien es ebenso zu gehen.

»Welche Auswirkungen wird der Klimawandel für Gmünd haben?«, war eine der neugierigen Zwischenfragen vom Publikum. Jetzt legte Professor X richtig los. Beginnend mit der neuen Infrastruktur der Stadt bis hin zum Stauen der Rems zwischen Böbingen und Gmünd war alles drin. »Natürlich muss man die Rems stauen, denn im Sommer wird es nicht mehr regnen«, so sein Appell. So könnte man im Sommerhalbjahr das gewonnene Wasser gut verwenden. Es sprach von Wasserlandschaften mit Palmen und Cafés. Dann folgte ein eindringlicher Aufruf an die Stadtväter, Maßnahmen zu ergreifen, bevor die Katastrophe kommt. Dann folgte die etwas zögerliche aber elementar wichtige Frage des Abends: Wann wird es soweit sein? Wie viel Zeit haben wir noch? Unweigerlich schoss mir der Bericht von Noah durch den Kopf und ich dachte darüber nach, was eigentlich meine Familie wohl gerade machte.

Der Professor hielt inne, hob den Finger und verkündete, er habe die Daten unserer schönen Heimatstadt in einen von ihm entwickelten Computer eingegeben und dieser hätte ein ganzes Jahr lang gerechnet. Das Ergebnis stehe fest und er verkündigte voller Stolz, dass bei der momentanen Klimaentwicklung höchstens noch zehn Jahren blieben, bis mein Heimatort im Winterhalbjahr überschwemmt und im Sommer italienisch sei.

Eigentlich empfand ich seine Botschaft trotz vernichtender Wassermassen im Winter nicht unbedingt als negativ. Ich schaute mich um. Es gab einige nachdenkliche, aber nicht unbedingt unglückliche Besucher. Irgendwie war es deutlich zu spüren, dass jeder seine eigenen Feigen und Pfirsiche im Sommer haben wollte, egal was im Winter passieren mag. Wer weiß, vielleicht regnet es gar nicht so viel! »Ja, wenn des so isch, dann brauche mir im Sommer nemme nach Italien fahre! Des Geld könne mir uns spare!«, rief ein Mitvierziger jubelnd aus. Andere schauten ihn irritiert an, stimmten ihm dann aber zu. Eine mittelschwere Euphorie brach aus: Wir sind Italien!

Die Jahre vergingen. Manchmal fiel mir dieser Abend wieder ein, aber je weiter die Zeit verstrich, umso mehr empfand ich diese Veranstaltung irgendwie als schlechten Scherz. Besonders im Sommer 2010 vermisste ich meine komplette Mangoernte, denn die Tagestemperaturen kamen selten über 25 Grad. Und die vom Professor angekündigten Regenmassen im Winter 2013 waren leider nicht geschmolzen, bevor sie zur Erde fielen. Es gab einen Winter der Superlative: Schneehaufen wohin man sah! Wo war denn nun der angekündigte Regen, der das Staubecken zwischen Böbingen und Gmünd füllen sollte?

Leider bekam ich keine Antwort darauf. Doch die Begeisterung der Gmünder, bald eigene frische italienische Früchte zu ernten, ist noch da. Aber es gibt auch die schleichende Furcht vor dem Hochwasser, die tief in ihnen steckt. Im Herbst 2013 machte ich eine interessante Entdeckung:

Ich spazierte gemütlich durch die Ledergasse. Dabei handelt es sich nicht um eine Gasse im eigentlichen Sinn. Sie ist eine stark frequentierte Straße, eine der aktivsten Einkaufsstraßen, die diese Stadt zu bieten hat. Beim Schlendern dachte ich über den Begriff »Ledergasse« nach. Natürlich waren da früher die Gerber und Schmieden. Damals gab es hier sogar ein kleines Bächlein, welches von der Rems abgezweigt wurde, was für diese Zunft sehr wichtig war.
Aber heute im Jahr 2014? In der Ledergasse ist auffällig vieles mit dem Wasser verbunden. Klingt da nicht ein wenig Furcht vor der doch bevorstehenden Klimakatastrophe hin-

durch? Warum nannte man denn die neue Einkaufsmeile ausgerechnet Rems-Galerie? Und dann noch ein Gebäude mit einer beachtlichen Höhe! Ist das nicht der ideale Platz, um sich vor dem kommenden Hochwasser der beginnenden Klimakatastrophe zu schützen?
Ich schlenderte weiter. Je mehr ich ins Detail ging, umso mehr spürte ich einerseits die Sehnsucht nach italienischen Sommern, aber auch die Angst der Gmünder vor den kommen-

den Fluten der Rems. Vielleicht gibt es sogar eine Sehnsucht danach. Ein versteckter, bekannter, deutscher Flussname ziert ein bekanntes Geschäft in dieser Straße. Die Sehsucht nach Wassermengen wie in Passau oder Regensburg?

Dann setzte ich mich auf die Außenterrasse eines neu eröffneten Cafés und entdeckte davor das neue Bächlein, das an die gute alte Zeit erinnert. Gemütlich und andächtig fließt und plätschert es. Auffällig ist, dass die Fließrichtung des Baches in Richtung Café geht. Wohlweislich wurde die Terrasse einige Stufen höher gebaut als die Bachebene. Soll dieses Bächlein vielleicht die Vorhut sein, der Signalgeber für die kommenden Klimafluten?

Wenig später befinde ich mich auf dem Nachhauseweg und es beginnt heftig zu regnen. So kommen meine gewonnenen Fluteindrücke mit großer Vehemenz zurück. Sie verfolgen mich regelrecht. Und so langsam habe ich es verstanden: Der Gmünder wartet auf das Hochwasser, weil er seine Südfrüchte ernten will! Und er will seinen zukünftigen

Italienurlaub sparen, weil er ja im Sommer demnächst selber schon fast dort wohnt. Ich kann mir ein kleines Lächeln nicht verkneifen.

Doch an der nächsten Ecke erstarre ich. Dort steht am Hang tatsächlich ein Boot. Eines der Boote, die man benötigt, um auf großen Wassermaßen zu fahren. Warum hier, mitten an einem Berganstieg?

Weit und breit kein Steg oder gar eine Hafeneinfahrt! Angenommen, die vielen Wasser kämen bald, dann wäre das Boot ideal. Denn wenn die Rems nur 10 oder 15 Meter steigt, dann Schiff ahoi. Jetzt verstehe ich! Wieder einer, der auch bei dem Vortrag war.

Mein Weg geht weiter den Mutlanger Berg hinauf. Ich werde immer verwirrter in meinen Gedanken. Habe ich mir das alles nur eingebildet? Oder bin ich auf eine spannende Geschichte gestoßen? Was haben die Stadtväter seit dem historischen Besuch des Klimaprofessors unternommen? Offensichtlich haben sie die Mahnungen nicht ernst genommen, denn den benötigten Staudamm haben wir bis heute nicht. Dennoch, eine kleine Lektion haben sie offensichtlich doch gelernt. Wenn die Fluten tatsächlich kommen sollten, brauchen die Bürger eine Schwimmgelegenheit. Daher wurden jetzt an geeigneten Stellen sogenannte Schwimmtaschen aufgestellt, in die man bei Überflutungen schnell hineinhuschen kann. Sie sollten benutzt werden bei Wasserständen von über 20 Metern, weshalb sie besonders an Bergauffahrten bereitgestellt wurden. Noch sind sie als Hinweisschilder zum verkaufsoffenen Sonntag getarnt. Aber ich bin überzeugt, sobald der große Winterregen kommt, werden sie umfunktioniert. Stellen Sie sich nur einmal das schöne Bild vor, wenn bei Überflutungen Hunderte solcher Taschen durch die friedlichen Wasserstraßen von Gmünd schwimmen. Farbenfroh und lebensrettend!

Die Sache mit Marokko

Ein langer Arbeitstag. Ich lag entspannt auf der weichen Couch. Endlich. Nach über 30 E-Mails samt Beantwortung und ungefähr 15 Telefonaten fragte ich mich, was ich heute eigentlich Sinnvolles gemacht hatte. An solchen Tagen kommt man sich wie eine Art Kontaktmann vor – ein Zusammenfüger von Ereignissen und Geschäftsvorfällen. Na immerhin, jetzt hatte ich ein wenig Ruhe, um mich zu sammeln.

Doch es kam anders: Meine liebste Ehefrau entschied, diesen Abend mit unseren beiden heranwachsenden Jugendlichen im Kino zu verbringen. Natürlich liebe ich gute Kinofilme, doch heute wollte ich es mir gar nicht erst vorstellen, das Haus zu verlassen.

»Ich glaube, ich bekomme eine Erkältung«, erklärte ich hilfesuchend und versuchte ein visuell überzeugendes Krankheitsbild zu vermitteln. Naja, immerhin wäre es ja auch wirklich möglich gewesen, angesichts der kursierenden Berichte von Grippekranken in unserem Land.

»Wenigstens den Fahrdienst könntest du übernehmen«, flötete meine liebste Ehefrau, ohne auch nur mit einer Silbe an meinem möglichen, bevorstehenden Krankheitsausbruch Anteil zu nehmen. Da es nun also beschlossene Sache war, erwähnte ich meinen kritischen Krankheitszustand besser nicht mehr. Ich überwand mich mit einem liebevollen Lächeln und wir fuhren die Strecke von 15 Minuten zum Kino und natürlich versprach ich auch den pünktlichen Abholdienst.

Doch was mache ich jetzt mit diesem angebrochenen Abend? Temperaturen nahe dem Gefrierpunkt, Nässe und Dunkelheit. Ich sehnte mich nach wärmender Sonne. Doch davon war Schwäbisch Gmünd heute Abend weit entfernt.

Nach einigem unschlüssigen Umherirren beschloss ich, kurzerhand einen Besuch bei Aziz zu machen. Er lebt seit einigen Jahren in Schwäbisch Gmünd und betreibt sehr erfolgreich eine kleine Osteria. Zwar schien bei ihm um diese Zeit auch keine Sonne, aber seine herzliche und positive Begrüßung tat mir gut. Ich bekam einen versteckten Ecktisch mit einem kleinen bunten Blumenstrauß auf dem Tisch. »Einen orientalischen Tee zur Begrüßung?«, fragte mich Jasmin, deren Name auf ihrem liebevoll getöpferten Anstecker prangte. »Lieber ein kleines Glas Weißwein«, gab ich freundlich zur Antwort und beobachtete dabei ihren orientalischen Schmuck an der rechten Hand, der ihrem Auftritt eine gelungene Vollendung gab.

Über dem Tresen hingen die typischen, marokkanischen Messinglampen. Durch Tausende von Löchern bahnt sich das Licht seinen Weg nach außen, ohne als störend empfunden zu werden. Die im Hintergrund laufende landestypische Musik klang aufregend, doch wirkte sie auf mich nicht sonderlich motivierend.

Ich suchte nach der Speise- und Getränkekarte, denn trübes Wetter macht mich schnell hungrig. Aber ich konnte nirgends etwas finden, was mich an eine Essenskarte erinnert hätte. An den anderen Tischen wurde munter gegessen, also kann man hier auch etwas bestellen. »Möchten Sie gerne etwas Essen?«, klang es plötzlich dicht hinter mir. Ich erschrak, denn ich habe niemanden an meinen Platz kommen sehen. Dort aber stand Jasmin mit einer übergroßen Staffellei, auf der so etwas wie eine mobile Schultafel stand. »Unsere Speisekarte finden Sie hier!« Zunächst hatte ich an der Tafel einige Orientierungsprobleme, denn außer den handgeschriebenen Mahlzeiten war sie geschmückt von aufwendigen Farbzeichnungen aller orientalischen Richtungen. Doch in der Mitte konnte ich das erste Nahrungsmittel entziffern: Couscous! Ja, das war mir bekannt! Es gehört nicht unbedingt zu meinen Lieblingsspeisen, aber immerhin. Doch was esse ich dazu? Nichts war auf der Karte, was mir bekannt vorkam.

»Reisprodukte sind für dich das Beste!«, hörte ich in Gedanken meine Frau zu mir sagen, die seit Jahren versucht, mir den Genuss gesunder Speisen schmackhaft zu machen. Heute war mir aber absolut nicht nach Reis oder artverwandten, kulinarischen Genüssen. Jasmin las mir nun die mittlere Reihe von Buchstaben vor, deren Identifizierung mir weitere Probleme bereitete. Sie schaute mich nun fragend an. Bei mir folgte eine kurze unschlüssige Denkpause. »Sind Sie damit einverstanden?«, fragte Jasmin und zeigte auf die lange Buchstabenreihe. Um Zeit zu gewinnen, gab ich ein unsicheres »Äh …« von mir und versuchte weiter den für mich verwirrenden Buchstabenmix zu identifizieren. Dann schaute sie mich kurz aufmunternd an und verschwand mitsamt der Staffelei hinter ihrem Tresen.

Ich dachte kurz nach, denn ich war etwas verwirrt. Hatte ich etwas Falsches gesagt? Oder kam sie gleich wieder mit der richtigen Karte? Einige Minuten vergingen. Wieder

stand sie plötzlich hinter mir. Ehe ich weiter darüber nachdenken konnte, stand ein übergroßer Teller, der die Größe eines Hubschrauberlandeplatzes hatte, vor mir. Das muss ein Irrtum sein! Ich hatte doch gar nichts bestellt! Meinen verwunderten Blick muss Jasmin gespürt haben. Sie sah mich mit ihren großen rehbraunen Augen an und sagte: »Ist gut! Hat Chef heute selber gekocht!« Ein aufmunterndes Lächeln – und schon war sie wieder weg.

Langsam stieg eine gewisse Resignation in mir auf und ich schaute mich etwas unsicher um. Am Nebentisch immer noch das ungleiche Paar: Er, vielleicht 60 Jahre oder älter, wirkte mit seiner Körperfülle und seiner nicht zu überhörenden Stimme wie jemand, der schon mehrmals die fernen Länder unseres Planeten besucht hatte. Und sie war Ende 30, blond, mit Kurzhaarschnitt und eher klein und zierlich, aber wirkte gebildet und hatte einen ernsten Gesichtsausdruck. Sie trank noch an ihrem ersten Apfelsaft und er hatte schon das dritte Glas Bier.

»Alle gedanklichen Ablenkungen haben doch keinen Zweck, also nimm endlich die Gabel und fang an zu essen«, hörte ich eine laute und energische Stimme in mir. Und so fing ich an, das zu Essen, was ich sicher glaubte zu kennen: Grüner Salat. Sicher war er grün, er schmeckte aber nach roten Rüben und ich konnte einen sehr intensiven Zimtgeschmack deutlich herausschmecken. Na gut, man kann es essen, aber Gefallen an der Kombination der intensiven Geschmäcker muss ich mir erst aneignen. Langsam arbeitete ich mich so zur Tellermitte.

»Sie haben sich ja was vorgenommen!« Meinem reiselustigen Nachbarn entging es offensichtlich nicht, was ich durchmachte. Mittlerweile war seine Begleiterin gegangen und ihm war nach Konversation. »Tja Marokko«, fuhr er belehrend fort, »ist die Heimat der Welt. Marokko ist ein Land, das sein Wesen nur jenen offenbart, die sich die Zeit nehmen, Wasser zu schöpfen und eine Kanne Tee aufzugießen!«
»Da habe ich wohl falsch begonnen«, gab ich verschämt zur

Antwort und starrte verstohlen auf mein Glas Weißwein. »Ich verstehe nicht, wieso ich diesen Riesenteller bekommen habe, obwohl ich noch gar nichts bestellt hatte«, äußerte ich mit zurückhaltender Entrüstung. »Das Land ist voller Geheimnisse, nur wer sie hüten kann, wird sie verstehen«, gab er leise zur Antwort.
Das war mir zuviel Polemik. Ich schwieg.

»Ich werde Ihnen eine marokkanische Legende erzählen«, sagte er, »dann werden Sie das Land und die Leute besser verstehen.« Er fuhr fort:

Ein Bauer läuft zum Markt mit seinen fünf Eseln, um sie dort zu verkaufen. Als er müde wird, steigt er auf einen seiner Esel. Da die Esel sein größter Schatz sind, zählt er sie zwischendurch. »1, 2, 3, 4 ... he, da fehlt ja einer!« Er steigt ab und stellt sie alle nebeneinander. »1, 2, 3, 4, 5 ... Oh, fehlt ja doch keiner, es sind doch alle da. Er steigt wieder auf und nach einigen Minuten zählt er wieder durch: »1, 2, 3, 4 ... Wo ist der fünfte Esel?« Er steigt ab und zählt sie durch. Alle fünf sind da!

Er seufzt, »Na gut, dann laufe ich lieber, denn dann habe ich fünf Esel.«

Irgendwie war mir nicht nach einer Lachsalve, denn ich hatte die Pointe schon in der Mitte des Witzes verstanden. »Verstehen Sie?«, fragte er. »Nein«, sagte ich jetzt leicht gereizt, »was habe ich mit einem Esel zu tun?«

»Um alles zu verstehen, muss man manchmal von dort herunterkommen, wo man sitzt«, sagte er lakonisch. »Sie kommen hier herein als Deutscher, nicht einmal ein richtiger Schwabe sind Sie! Sie sollten die Grundbegriffe Marokkos schon kennen, wenn Sie hier speisen wollen. Sie sehen doch eigentlich sehr gebildet aus! Als Jasmin Sie fragte, ob Sie das mittlere Gericht von der Speisekarte essen wollten, haben Sie geantwortet: ›Äh‹, nicht wahr?«

»Ja und, schließlich habe ich noch überlegt«, gab ich nun deutlich gereizt zur Antwort. »Tja, mein Lieber: Äh, heißt auf marokkanisch einfach ›Ja, das solltest Du wissen‹!«

Inge

Ingeborg! Fast liebevoll hörte ich mich den Namen aussprechen, der auf dem Visitenkärtchen stand. Das war sie also. Ein Geheimnis wurde endlich entlüftet. Seit Wochen hörte ich von ihr: Inge! Sie war der ultimative Geheimtipp der guten italienischen Küche im Herzen unserer Heimatstadt. »Inge kocht am Donnerstag wieder«, hieß es schon Sonntagabend in meinem engen Freundeskreis. »Melde dich bei ihr rechtzeitig an, sonst bekommst du mit Sicherheit keinen Platz!«

Aber niemand konnte genau sagen, was auf der Speisekarte stand. Das war Inges großes, verborgenes Geheimnis. Sie kochte eben wonach ihr war. Aber was sie zelebrierte, war eben, einzigartig. Nicht nur einfach lecker. Vielleicht hatte es den Charme von Sarah Wiener und war kompromisslos wie Vincent Klink.

Dabei folgt Inge nicht irgendeinem Schema. Keine geplante Strategie. Sie zaubert eben einfach nur gerne in ihrer Küche. Und weil sie genau weiß, welcher ihrer edlen Weine zu welchem Gourmet am besten passt, plant sie daraus eine gelungene kulinarische Komposition. So einfach ist das! Inge ist Poesie. Inge ist höchste Verzückung und geschmackliche Eleganz. Inge ist expressiv und temperamentvoll. Ach, Inge …

Während ich nun langsam dabei bin, ihre Visitenkarte zu deformieren, bleibe ich an ihrem Namen hängen. Warum fällt mir ausgerechnet jetzt meine alte Klassenlehrerin Inge Feldstein ein? Es war die vierte Klasse für mich damals und ein leichtes bis mittleres Grauen befiel mich. Da war ich froh, seit über vierzig Jahren nichts mehr von ihr gehört zu haben und ausgerechnet jetzt sehe ich sie vor meinem geistigen Auge! Und das mit Hornbrille und sogar noch in Farbe. Es sind die Bilder, die sich unauslöschlich tief in unseren kindlichen Vorstellungen eingegraben haben. Bilder, die sich tief in unserer Seele einbetten. Egal, ob angenehm oder Inge Feldstein.

Vielleicht war sie ja überhaupt nicht so schlimm, wie ich es damals empfunden habe. Ich schwanke nicht ganz ohne Mitleid in meinen Gefühlen für sie – doch nein, die deutlichen markanten Kindheitserinnerungen setzen sich vehement bei mir durch. Inges Visitenkarte hat nun die ersten deutlichen Risse bekommen.

Ich löse mich von meinen tiefen Gedanken und kehre zur richtigen Inge zurück und überlege: Heute ist Montag. Gibt es noch einen Platz für kommenden Donnerstag? Dann greife ich zum Telefon und rufe sie an, um zwei Plätze zu reservieren. Nach dem Wählen höre ich ein deutliches Freizeichen. Leichte Nervosität kommt auf. Warum eigentlich? Habe ich Angst, am Ende keinen Platz mehr zu bekommen? Das wäre wirklich eine Katastrophe!

»Ja, guten Tag«, höre ich mich leicht stottern, »ist es vielleicht noch möglich, für Donnerstagmittag zwei Plätze zu bekommen«? Natürlich teile ich dieses neue Erlebnis gerne mit meiner Frau. Mein Stimmapparat ist tief belegt, doch dann höre ich eine sanfte, gütige Erwiderung: »Um 13 Uhr habe ich noch einen Tisch frei!« Mein Herzschlag erhöht sich. Das muss sie sein! Ihre Stimme wirkt auf mich wie eine Symphonie. Mir fällt wie zufällig der Sinnspruch von Gérard Bauer ein, der einst bemerkte: Die Stimme eines Menschen ist sein zweites Gesicht. »Wie mag sie nur aussehen?«, kam es mir gedankenverloren in den Sinn. Denn ihre Stimme war einfach unvergleichlich. »Möchten Sie den Platz denn gerne haben?«, fragte sie nun, nachdem ich gedankenversunken keine Antwort von mir gab. »Ja, äh gerne, natürlich!«, stammelte ich. »Dann, vielen Dank!«, kam als prompte Antwort. Irgendwie kam ich mir nun plötzlich so pubertär vor. »Meine Güte, reiß Dich doch etwas zusammen, was ist denn los mit dir?« Mein Inneres Ich kämpfte wieder um die Vorherrschaft – und gewann.

Am Morgen des kommenden Donnerstages bin ich morgens um 5 Uhr mehr als ausgeschlafen. Keine Ahnung, was heute los ist. Ich bin eben einfach wach! In Gedanken zähle ich die Stunden bis 13 Uhr. Später dann im Büro ist es eher ruhig. Kaum ein Telefonat, aber die ankommenden E-Mails reihen sich wie die Sardinen aneinander. Besonders Andrea hat es heute auf mich abgesehen. Seit Jahren planen wir Events und kleinere Messen zusammen. Wahrscheinlich räumt sie heute ihren Schreibtisch auf, denn ihre Anfragen drehen sich um Dinge, die Monate her sind. Nur gut, dass mein großes Gourmeterlebnis heute nicht mehr lange hin ist, so verspüre ich Tatendrang und bin per E-Mail sogar zum Scherzen aufgelegt.

11 Uhr. Noch zwei Stunden. Wie bin ich heute eigentlich angezogen? »Das Hemd hat vor Jahren auch schon besser gepasst«, hörte ich eine innere, mahnende Stimme. Gut, das Frühstück ist heute sowieso entfallen und den Rest überspiele ich mit einem sympathischen Lächeln.

12.42 Uhr. Langsam kommt Nervosität in mir hoch. »Geld!«, fährt es mir durch den Kopf. 15,40 Euro in der Geldbörse sind zu wenig. Zum Geldautomaten reicht die Zeit nicht mehr. Ich beschließe, mich kurzfristig aus meiner Portokasse zu bedienen. Schließlich bin ich auch der einzige, der dort etwas hineinlegt. Dann darf ich ja auch mal etwas herausnehmen. 12.49 Uhr – ich bin unterwegs.

Meine Frau und ich treffen uns vor Inges Adresse. Es ist ein auffälliges, rosa Häuschen. Früher war es ein denkwürdiges Areal, der sogenannte Bantelsche Hof. Hier wurden Pferde gezüchtet und beschlagen. Heute ist es ein kleines Stück Toskana hinter der ehrwürdigen alten Stadtmauer. Das ganze Gebäude ist viele Jahrhunderte alt, aber in einem sehr guten Zustand. Wir gehen gemeinsam hinein. Ein denkwürdiger Flur nach dem hölzernen Treppenaufgang erwartet uns. Es duftet nach frischen Kräutern und gebratenem Fleisch. Dann steht sie endlich vor mir. »Ja, ich bin der Michael«, kam es etwas kleinlaut gepresst aus mir heraus.

»Ich habe hier euren Tisch«, sagt sie freundlich und zeigt uns den liebevoll gedeckten Platz in der Ecke. Das Lokal war eigentlich eine Wohnung, aus der man einige Wände entfernt hatte. Alles war renoviert, ohne den Charme von damals zu verlieren. Und wie in einem echten alten Fachwerkhaus üblich, saß ich 10 cm tiefer als meine Frau. Der alte Holzfußboden gab schon mal nach. Aber ich fühlte mich wohl. Ich saß nun und blickte mich um. Einige Businesstypen waren in wichtige Gespräche vertieft. Mehrere leere Flaschen Wein standen auf ihren Tischen. Um die Ecke konnte ich einen Spiegel ausmachen, der einen Einblick in den verwinkelten Raum bot und das Inventar zeigte.

Inge kam und verriet uns ihr heutiges Menü: Toskanische Hühnerkeule mit Salat. Dazu natürlich der passende Wein. Das Ganze nahm sie auf mit einem freundlichen Lächeln, als würden wir uns schon seit der 2. Schulklasse kennen. Ich fühlte mich richtig gut und sah auch meine Frau glücklich.

Es kam ein frischer Salat und ich freute mich wie Bolle, dass Inges Daumen in meiner Salatsoße hing. Der Wein war eine Symphonie und für mich unvergessen. Ich konnte einen sehr kurzen Blick in ihre Küche werfen, als sie hereinkam. Bei ihrem nächsten Eintritt konnte ich etwas mehr sehen und war über die Größe der Küche überrascht. Sie war vielleicht 250 x 100 cm. Hier entwarf sie also ihre Kreationen? Gerne würde ich später darüber mehr erfahren wollen.

20 Minuten später waren wir schon beim Cappuccino. »Wie hat es euch gefallen?«, fragte Inge als sie zum Kassieren kam. Wir waren überwältigt von so viel Liebe und geschmacklichem Erlebnis.

»Tja, Inge«, sagte ich. »Ich würde gerne eine Geschichte über dich schreiben. Könntest du dir das vorstellen?«

Sie schaute mich mit ihren großen Augen an. »Aber keine Fotos!« Sie meinte, was sie sagte und natürlich hielt ich mich dran. Dann schaute ich mich etwas um und besichtigte auch ihr besonderes Weinlager. »Früher war das hier ein Pferdestall, schau, was wir draus gemacht haben!« Ich war sehr beeindruckt.

»Also« schlug sie vor, »könntest du mir ein paar Zeilen schreiben, was es genau mit deiner Geschichte auf sich hat? Nimm meine Visitenkarte und schick es mir!« Mit etwas Stolz kam es aus mir heraus: »Ich habe schon eine Karte von dir« und griff überzeugt in meine Jackentasche. »Ja, wie sieht die denn aus?«, fragte Inge empört, als sie ihre Karte sah. Sie war zerdrückt, zerfleddert und eingerissen. Wie peinlich!

Der Tennis STAR

Endlich angekommen! Kalifornien lag zu meinen Füßen. Meine Heimat war gut zwölf Flugstunden hinter mir, aber hier fühlte ich mich jetzt riesig. Vielleicht etwas müde, aber die Aufregung hielt mich wach. Eine Woche Los Angeles, dann noch mit dem Mietwagen die Weiterfahrt in Richtung Norden nach San Francisco.

Nachdem ich über die Gangway in das Flughafengebäude lief, holte ich zunächst erstmal das Gepäck. Dann galt es anzustehen, um den ultimativen Einreisetest zu bestehen. Reisepässe vorzeigen, unzählige Kameras und schließlich die Fingerabdrücke sämtlicher beringter und unberingter Finger. Hoffentlich waren die nach zwölf Stunden Flugdauer auch gut gewaschen. Sonst drohen gleich rechtliche Komplikationen. Danach wurden noch Fotos aller mir möglichen Emotionen geschossen, damit mich die Gesichtserkennung auch nachts durch jeden Satelliten perfekt orten kann. »Willkommen in den USA!« Na gut, irgendwann ist man durch damit und dann fand ich endlich das ersehnte Schild »rental cars«. Ich freute mich natürlich die herrlichen Strände in Kalifornien zu sehen, dort zu laufen und Erholung zu finden.

Morgen ist Freitag, ein guter Tag, um ihn am berühmten Venice Beach zu verbringen. Dieser cira 5 Kilometer lange Sandstrand war oft Filmkulisse vieler Kinofilme. Das angenehme Wetter dort ist einzigartig.

Am nächsten Morgen, so gegen 11 Uhr, waren wir an einem Parkplatz in der Nähe vom Strand. Das Einfahren mit meinem SUV verlief relativ einfach. Ich bezahlte die sechs Dollar Tagespauschale und dann suchte ich mir irgendwo ein nettes Plätzchen. Etwas Kopfzerbrechen machte mir jedoch die Ausfahrt, die ich beim Verlassen des Parkplatzes überquerte. Keine Wärter, keine Schranke. Statt dessen ein Schild: »tire trap, don't back up – severe tire damage!«

Am Boden sah ich quer über der Fahrbahn gebogene Metallkrallen, die mich an meine häusliche Nagelschere erinnerten. Zumindest als sie noch neu war. Fährt man also von der Außenseite über die Kralle, dann war es das mit den Reifen. Beim richtigen Ausfahren aus dem Parkplatz würden sich die gebogenen Krallen richtigerweise einziehen. Ich war dennoch skeptisch und testete die Funktion per pedes. OK, funktionierte. Ich versuchte es mehrmals, keine Probleme. Die Kralle fuhr gehorsam in den Boden. Ein paar Passanten gingen an mir vorbei und verbreiteten lautstark Heiterkeit. Wahrscheinlich sprachen sie über mich und meinen »Technik-Test«. Ich hörte sie spanisch sprechen und grinste einfach zurück.

Nach zehn Minuten waren wir am berühmten Strip von Venice Beach. Für einen Bewohner einer 10 000-Seelen-Gemeinde wie mir war das schon etwas gewöhnungsbedürftig. Aber man findet schnell Gefallen daran und die gute Stimmung, Musik und Tanz verbreiten Heiterkeit. Unzählige kleine Läden mit Mitbringsel aller Art drängten sich dem Besucher auf. In einem der Geschäfte entdeckte ich an einem Verkaufsständer eine Art Tischtennisschläger, der etliche Löcher in der Fläche aufwies. Beide Seiten waren glatt überzogen und farblich gemustert. Dennoch, die gut 20 Löcher in der Fläche brachten mich ins Grübeln. War das für die Belüftung des Schlägers? Oder konnte man damit härter aufschlagen, weil der Windwiderstand minimiert wurde? Langsam zweifelte ich auch daran, dass es ein Tischtennisschläger war, denn die Schlägerfläche war um einiges größer als beim Tischtennis.

Neben mir stand plötzlich Morris. Ein muskulöser, etwa 1,90 Meter großer Athlet. Sein aufgenähtes Namensschild war unübersehbar. »Do you like it«?, fragte er und seine Augen tanzten fröhlich hin und her. Morris war so Ende 20, tiefbraune Augen und sein Englisch hatte eine deutliche, mexikanische Einfärbung. »Yes, it's funtastic«, kam es aus mir heraus und dabei spürte ich, dass meine Antwort mehr auf das Design abzielte als auf den eigentlichen Verwendungszweck.

Dann nahm ich allen Mut zusammen: »Sorry, what is it?«, kam es zweifelnd aus mir heraus. »Oh, that's for paddle-tennis«, sagte er und zeigte mit dem Finger hinter mich. Ich drehte mich um und sah zwölf eingezäunte Tennisplätze. Auf allen wurde gespielt, meistens im Doppel. Erst jetzt fielen mir die Tennisschläger auf, welche die Spieler verwendeten. Sie spielten genau mit dem, was ich in Händen hielt. Ich schaute mir nun mein Racket genauer an. Die Fläche war so drei Zentimeter dick und bestand – ich konnte es kaum glauben – aus gewöhnlichem Bauschaum. Allseitig mit einer bunten Folie umzogen und schon war es ein Tennisrack. Paddle-Tennis eben, ist doch klar. Hinter mir liefen Turniere und die Athleten kämpften. Morris, der Verkäufer, schaute mich mit großer Verkaufslaune an, wartete darauf, was ich nun tat.

Ich konnte mir überhaupt nicht vorstellen, wie das Spielen damit funktionierte und schaute mir einige Schlagwechsel an. Es sah im Spiel ganz normal aus. Allerdings störte mich der dumpfe Sound, den die Bauschaumplatten verbreiteten. Wenn man einmal die phantastischen Aufschläge von Boris Becker im TV erlebt hat, geht einem dieser Sound nicht mehr aus den Ohren. Dagegen hörte sich Paddle-Tennis mit seinem einfachen »plopp-plopp« an wie Federball.

Noch immer hielt ich den Schläger in den Händen. Während ich die Schlagtechnik weiter studierte, sprach mich Mike an. Er kam einfach irgendwo aus dem Nichts und suchte offensichtlich einen Spielpartner. Seine sanften, dunklen Augen vermittelten im ersten Moment Vertrauen, aber sein auffälliges, rotes Sportshirt verhieß mir irgendwie nichts Gutes. »Do you like to play a game?« Ich schaute kurz den Verkäufer Morris an, der mir mit den Worten zunickte: »Taste it!« 30 Sekunden später stand ich schon an der Grundlinie. So etwas lass ich mir nicht zweimal sagen. Schließlich spielt man in meiner Heimat den richtigen, professionellen Tennis und nicht irgendein Bauschaumgekicke. Wir haben den Boris und die Steffi und in diesem Moment war ich bereit für die Beckerrolle. Und vor allem, in meiner Heimatstadt bin ich sehr gut bekannt mit dem Finanzvorstand des Tennisvereins im Schiesstal. Da spielen die Besten der Besten. Und, dort haben sie übrigens richtige Rackets!

Ich war in Spiellaune und fing an, Mike diese doch wichtigen Informationen zu übersetzen, aber bei dem Wort Schiesstal fiel mir keine passende Übersetzung ein – ich stellte die Übersetzung langsam ein. Schließlich könnte dies ja in Venice Beach leicht missverstanden werden. Wir wollten ja auch nur Tennis spielen. So gut kannte ich Mike ja auch wieder nicht. Mitten im Satz hielt ich inne. Mike grinste, ich weiß bis heute nicht warum.

Mike war sicher nicht zum ersten Mal hier. Er hielt den Schläger wie ein Profi und teste zunächst die sechs verfügbaren Tennisbälle, von denen er drei ohne weitere Erklärungen ins Niemandsland katapultierte. OK, dann spielen wir eben mit drei Bällen. »Ohnehin – mir reicht sogar nur einer, um gegen dich zu gewinnen«, motivierte ich mich selber.

Während ich noch überlegte, mit welcher Seite ich nun den Ball schlagen wollte, kam der erste Aufschlag von Mike. Da meine Orientierung noch nicht abgeschlossen war, verfehlte ich diesen Ball. Das blieb auch noch bei den drei weiteren Aufschlägen von ihm so und mich erschlich so langsam etwas Unbehagen. »OK, I am done with practice«, kam es kurze Zeit später von mir. Da waren wir schon bei 2:0 für Mike. Ich schaute irritiert.

»I want to start the game!« Ohne zu zögern holte ich mir zwei Bälle und begann unser Spiel. Man muss eben nur selbstsicher auftreten.

Bei meinem ersten Aufschlag vibrierte meine Hand, als würde ich frische Sahne schlagen. Mikes return erreichte ich mit Mühe, konnte aber nur ungenau zurückgeben, 0:15. Meine nächsten Aufschläge gingen vollends daneben. Irgendwann stand es 3:0 für Mike. That's it. Man spielt nur bis drei Punkte, ließ ich mich belehren. OK, dann kam noch das traditionelle Shake-Hands, aber bitte mit der linken Hand. Das hat hier Tradition.

Die ganze Zeit stand Morris unbeweglich am Rand des Platzes und grinste ziemlich selbstsicher zu mir. Er wirkte sehr überzeugt, das nun gebrauchte Racket an mich verkauft

zu haben. Ich diskutierte schwer mit ihm, denn nach einer Niederlage bin ich absolut nicht in Kauflaune. Aber ich kam aus dieser Nummer nicht mehr heraus und für 69 Dollar wechselte das Racket den Besitzer.

Es war glaube ich abends, als ich im Zimmer das Racket von allen Seiten noch einmal bestaunte. Irgendwie kam mir das Zusammentreffen von Mike und Morris als abgekartetes Spiel vor. Warum war eigentlich plötzlich der Tennisplatz frei, als Mike mich ansprach? Warum kam Mike genau dann, als ich mit dem Schläger in der Hand vor dem Platz stand? Und warum lässt mich ein Verkäufer ein nagelneues Racket ausprobieren und gibt mir keinen gebrauchten Schläger?

Je mehr ich darüber nachdachte, umso sicherer wurde ich, was sich hier Tag für Tag abspielt. Umsatzbeschaffungsmaßnahmen sagt man bei uns dazu. Vor allem, weil in Kaufhäuser diese beklebten Bauschaumplatten für 19,50 Dollar verkauft wurden. Am nächsten Tag machte ich einen kleinen Abstecher nach Venice Beach. Mike konnte ich auf dem Platz sofort erkennen. Wahrscheinlich war sein rotes Shirt das Erkennungsmerkmal. Und wer stand draußen vor dem Platz? Natürlich Morris – und er grinste.

Die geheimnisvolle *Vorsilbe*

Der Arbeitstag ist vorüber. Noch 15 Minuten, bis mein Zug abfährt. Heute schaffe ich das locker. Mein täglicher Fußweg führt mich wie jeden Tag zum Hauptbahnhof Stuttgart. Während ich die verstopfte Straße vor dem Bahnhofsplatz überquere, fällt mir die Aufschrift eines hupenden Transporters mit Schwäbisch Gmünder Kennzeichen auf: »My-Hermes« steht da in großen Lettern unübersehbar vor mir. »Hermes …«, kommt es mir in den Sinn, »hat doch irgendetwas mit Transporten zu tun. Aber warum MyHermes? Wieso sollte Hermes denn plötzlich mir gehören?« Doch ich bin momentan zu müde, um länger daüber nachzudenken und bahne mir meinen Weg in Richtung Bahnsteig. Der

Zug steht schon bereit. Ich suche mir einen freien Platz und schon geht es los.

Während der Heimreise nach Schwäbisch Gmünd befällt mich kurz vor Schorndorf eine angenehme Müdigkeit. Und ich versuche, mich so zu setzen, dass noch ein kurzes Nickerchen möglich ist. Gegenüber sitzt ein Mitdreißiger, der schon graue Schläfen hat. Armer Kerl! Er sieht etwas gestresst aus. Irgendetwas scheint mit seinen Kopfhörern nicht richtig hinzuhauen. Er zerrt und zieht am Kabel, was sich ihm kurz darauf ohne Kabelschutz zeigt. Sein völlig entsetztes Panikgesicht löst bei mir ein kurzes Grinsen aus, weswegen ich meine Augen schnell schließe. Nach einer halben Minute öffne ich vorsichtig meine Lider und unterdrücke jegliche Emotion. Er hat seine Elektrik eingepackt und jetzt liest er gelangweilt in der Zeitung.

Ich blinzle belanglos im Abteil umher. Über dem Zeitungsleser das typische Werbebild der Bahn. »Reisen Sie von Schwäbisch Gmünd nach ganz Europa. Wir bringen Sie hin!« Ja, ja, das kenne ich schon auswendig. Darunter steht nun auffällig ein neuer Schriftzug, der mich in Erstaunen versetzt: »MyBahn«. Da war es schon wieder. War ich jetzt auch noch Bahnbesitzer und wusste es nur noch nicht? Mir kommt plötzlich Tante Gertrud in den Sinn. Sie hatte mir, als ich so fünf oder sechs Jahre alt war, eine kleine Eisenbahn geschenkt. Die lief noch mit Batterien. Leider hielt die Bahn nicht so lange, denn ich hatte mich irgendwann mal aus Versehen darauf gesetzt. »Sorry Tantchen, es war keine böse Absicht.« Ich sehe ihr enttäuschtes Gesicht noch immer vor mir. Aber immerhin – sie zahlte damals die Reparatur der Bahn und ich war glücklich.

Ich schaue belanglos aus dem Bahnfenster durch die schmutzigen Scheiben. Seit Schorndorf regnet es. Die Tropfen streifen in langen Bahnen an der Außenseite des Glases ab und verschwinden. Irgendwann bin ich eingeschlafen und wurde bei der Durchsage: »Ausstieg in Fahrtrichtung rechts!« hellwach. Wir nähern uns Gmünd. Ich packe langsam meine

Sachen zusammen. Als ich kurz darauf das Bahnhofsgebäude verlasse und die Hauptstraße überqueren will, saust ein Fahrrad an mir vorbei. »MyCityradler« steht lesbar auf dem Rücken des Bikers. Schon wieder dieses »my«! Langsam wird es mir doch unheimlich. Was hat das nur zu bedeuten?

Zu Hause setze ich mich an den Computer, um mehr über das mir unbekannte Phänomen »my« zu erfahren. Und ich bin sehr überrascht: Für unzählige Bedürfnisse und Sorgen des Lebens gibt es eine website die mit »my ...« beginnt. Was ist das für eine gemeinsame Verbindung? Gibt es vielleicht eine geheime my-Verschwörung? Stammen die my-Unternehmer aus einer geheimnisvollen Familie Myer? Aber wer sind diese Myers? Wo wohnen sie? Und wie gehören sie zusammen?

Tags darauf setze ich mich ans Telefon und rufe bei der Auskunft an. Die freundliche Dame ist sehr hilfsbereit, kann mir aber nicht wirklich helfen. Ich buchstabiere mehrmals den Namen my, aber auch artverwandte Wörter Mai oder Mey. Wir landen beim Frühling, beim Liedermacher und bei der Unterwäsche. Alles ist sehr spannend, ich kann jedoch keinen gemeinsamen Zusammenhang herausfinden. Es bleibt einfach rätselhaft.

Tags darauf treffe ich Willi. Ich kenne ihn seit über 20 Jahren. Er ist ein echter Gmünder und ein Schaffer wie er im Buche steht. Willi wird's sicher wissen, kommt es mir schmunzelnd in den Sinn. »Willi, was hat es mit dem »my« auf sich, diese merkwürdigen Buchstabenvorsilben auf Websites und Lkws?

»Das ist das Jamaika-Konglomerat«, belehrt er mich. »Bitte was?« Ich begreife überhaupt nichts. »Also«, sagt Willi »die Jamaika Vereinigung arbeitet seit Jahren mit der Abkürzung: My. Die meisten, die dort mitmachen, haben irgendetwas mit Transporten, Lieferungen und Zustellungen zu tun. Damit die Mitmacher sich gegenseitig erkennen, haben alle die Vorsilbe my.«

»Na schön, wie aufregend«, langsam werde ich ungeduldig, »und wozu brauchen sie Jamaika?«.

»Was kommt den Vorzügliches aus Jamaika?«, fragte Willi grinsend. Ich zucke ratlos mit den Achseln. »Rum«, sagt Willi spontan, »was denn wohl sonst? Auf gut schwäbisch tun die halt rumkomme.« Mir erschließt sich der Zusammenhang aber immer noch nicht.

»Rum wie rumkomme, verstehst du? Bevor der Gmünder Tunnel gebaut wurde, sind hier viele rumgekomme, aber kaum einer ist vor lauter Stau dort angekommen, wo er hinwollte. Und so hat man die Transporte von Personen und Gütern durch und um die Stadt logistisch neu gestaltet. Wenn du also irgendwo noch den Begriff ›my‹ siehst, dann findest du dort einen Mitmacher der Rumkomm-Vereinigung. Vielleicht wird dir hier mySlogan weiterhelfen: Wenn ich hinbekomme, dass ich durchkomme, kann ich wiederkommen, wenn ich rechtzeitig ankomme. Das nennt man rumkomme!«

Jetzt war mir alles klar – Schwäbisch Gmünd vor dem großen Tunnelbau!

Dinkel-Tag

Freitag, 14. März 2014. Ein sonniger Tag in Schwäbisch Gmünd. Ich fühle mich wie im Frühling, denn heute wurde zum ersten Mal die 20 Grad Celsius Marke überschritten. Keine Spur von Schnee oder Frost. Und überhaupt, der Winter scheint meine Heimatstadt diesmal total übersehen zu haben. An Schnee war nicht zu denken. Einige kurze Schneeschauer – das war es im Winter 2013/14. So konnte auch der große Stadtumbau zur Landesgartenschau ziemlich problemlos voranschreiten. Überall wurde gepflastert, gemauert, gestrichen und Bäume wurden gesetzt. Heute waren viele Plätze mit Baulärm verbunden, weshalb ich eine ruhigere Straße suchte.

Es zieht mich in die Ledergasse in Richtung Marktplatz. Ein wirklich schöner Weg über das alte holprige Kopfsteinpflaster und rechts und links die restaurierten Fachwerkhäuser. Es macht heute besonders Spaß, weil die Sonne bis zum Abend durch diese Strasse scheint. Alle Geschäfte haben geöffnet und Cafés laden zum gemütlichen Verweilen ein.

An einer Bäckerei entdecke ich ein für mich merkwürdiges Schild mit einer handgeschriebenen Aufschrift. Heute: Dinkel-Tag. Was soll das denn heißen? An einer anderen Bäckerei entdeckte ich ein solches Schild nicht. Natürlich ist mir bekannt, dass Dinkel stark mit Weizen verwandt und demzufolge dem Bäckerhandwerk zuzuordnen ist, aber warum dann ausgerechnet ein Dinkel-Tag? Wieso eigentlich nicht Weizentag? Oder ein Roggentag? Zumindest kenne ich solche Tage nicht. Auch ein Hopfentag würde mir gefallen, da fiel mir sogar etwas dazu ein. Allerdings in flüssiger Form. Aber einen sonnigen Tag einfach Dinkel-Tag zu nennen, war mir sehr schleierhaft.

Was hat außerdem ein Dinkel-Tag mit dem 14. März zu tun? Mir fiel Loriots Comedy-Stück »Liebe im Büro« ein, in der die hervorragende Schauspielerin Evelyn Hamann die Sekretärin Fräulein Dinkel spielte. Ist heute vielleicht der Erinnerungstag an alle Sekretärinnen? Habe ich da etwas verpasst? Was würden meine Angestellten heute von mir denken?

Ich beschließe kurzerhand in der Bäckerei vorsichtshalber nachzufragen und öffne behutsam die alte Eichentür. Eine Frau Mitte 50 kommt hinter dem dunklen, schweren Vorhang hervor. Ich stehe wie erstarrt vor ihr: Sie sieht auf den ersten Blick tatsächlich aus wie das berühmte Fräulein Dinkel. Diese Renate Dinkel, die mit den hochgesteckten, streng nach hinten geknoteten Haaren, der runden Kunststoffbrille und der Rüschenbluse. Die Ähnlichkeit ist unglaublich.

Sie schaut mich streng über ihren Brillenrand an und ich rezitierte in Gedanken grinsend die so oft gehörten Dialoge des Stückes in meinem Geiste. Die Sekunden verstreichen. »Was möchten Sie denn nun?« Ihre Stimme klang ernst und nicht sehr freundlich. Ich musste mich erst besinnen und dann sagte ich: »Renate … äh, ich meine Dinkel … äh, eine Frage, was hat es mit dem Schild da draußen auf sich? Sie schreiben: ›Heute: Dinkel-Tag‹. Ich wollte gerne wissen, was das bedeutet.«

»Unser heutiges Angebot sind Brote und Backwaren aus reinem Dinkel. Vollwertig, und der Genuss löst garantiert keine Allergien aus wie bei anderen bestimmten Weizensorten, wissen Sie?« »Aha, interessant«, ich konnte meinen

Blick nicht von ihrem strengen Haarknoten lösen, der wie ein eleganter Brotzopf gebunden war. »Möchten Sie mal probieren?«. Sie hielt mir ein silbernes Tablett vor die Nase mit vielen kleinen Brotstücken. »Und das ist Dinkel?«, fragte ich. Ich nahm kritisch ein Stück Brot vom Teller. »Nein, wir verwenden eine Getreidemischung, in der Dinkel verwendet wird. Dinkel ist ein sehr vielseitiges Geschenk der Natur, man macht sogar Kaffee daraus. Dinkel führt zu einem fröhlichen Gemüt und fördert die Gabe des Fröhlichseins«. Sie grinste etwas schelmisch, als sie dies sagte und man spürte, dass sie dieses Zitat vor langer Zeit gelesen hatte und immer wieder stolz war, es von sich zu geben.

»Steigt bei erhöhtem Verzehr von Dinkel dann die Heiterkeit, etwa so wie bei einem guten Tropfen Wein oder einer Flasche Bier?« In Gedanken rechnete ich gerade ganz hektisch die Kosten des Kilopreises Dinkelbrot gegen eine gute Flasche Wein und hatte plötzlich ganz neue Gedankenansätze. Ihre Gesichtszüge wurden schlagartig ernster. »Ich möchte Sie doch bitten! Sie können doch nicht ein mehr oder weniger schädliches Alkoholgetränk mit einem Gesundheitsbrot vergleichen!« Ich hatte das Gefühl, ihr Haarknoten wurde zusehends strenger, als sie dies mit ernster Miene sagte.

»Sie könnten sich übrigens auch gesünder ernähren. Ich möchte ihnen ja nicht zu nahe treten, aber ich denke, sie haben bestimmt zehn Kilogramm Übergewicht. Das ließe sich mit Dinkelbrot sehr schnell ändern.«

Sie suchte etwas hektisch in ihrer übervollen Schublade und ich stand etwas betroffen im Raum. Erst jetzt bemerkte ich weitere Kunden im Geschäft, die mich nun von oben bis unten vorwurfsvoll ansahen. Ich zog meinen Bauch ein, aber es war viel zu spät. Eine Frau mit einem etwa vierjährigen Kind stand direkt neben mir. Sie sah mich abwertend an und zog dann schnell ihr Kind von mir weg mit dem Kommentar: »Du bekommst jetzt eine schöne Dinkelbrezel von mir.«

Ein sehr hagerer Mann, der schon in die Jahre gekommen war, verkündigte stolz: »Bei uns heißt das übrigens

Schwabenkorn. Seit meinem 14. Lebensjahr esse ich regelmäßig Dinkelprodukte. Seit über 30 Jahren wiege ich 65 Kilo und kein Gramm mehr. Sie hätten es wirklich auch nötig. Von wo kommen sie eigentlich her?«

»So, jetzt habe ich es gefunden«, rief die Bäckersfrau jubelnd aus und erlöste mich aus dem beginnenden Kreuzverhör des älteren Herrn. »Eine strenge 14-tägige Dinkelkur gegen Ihr massives Übergewicht. Das ist das, was Sie sofort brauchen!« Die anderen stimmten chorartig zu. »Alle Produkte bekommen Sie hier bei uns. Sie tragen sich hier in unsere Liste ein und dann überwachen wir wöchentlich Ihren Abnehmfortschritt«.

»Ich weiß nicht recht«, sagte ich unsicher und schaute zu Boden. »Ich muss mir das erst noch überlegen«. Ich schaute um mich, aber ich kam nicht mehr weg von meinem Platz vor dem Tresen. Mittlerweile hatten sich die anderen Kunden in einen Kreis gestellt und ihre Blicke wurden finster. Ich sah mich hilfesuchend im Laden um. Bis zur Tür waren es nur drei oder vier Schritte. Vielleicht sollte ich ein gewagtes Ablenkungsmanöver versuchen, aber ich hatte keine Chance zu fliehen. Die zuletzt eingetretene Frau hielt ihren Regenschirm drohend in der Hand, als hätte sie meine Gedanken gelesen.

Die Bäckersfrau hielt mir ungeduldig einen Kugelschreiber samt Blatt vor die Nase und alles wartete auf mein Einlenken. »Na gut«, sagte ich dann. »Dann schreiben Sie das doch auf«.

»Und wie ist ihr genauer Name? Buchstabieren Sie bitte langsam!«

»Sagen Sie Karl-Heinz zu mir!«, war meine leise Antwort.

Brillenkauf

Ich habe mich lange gegen die Tatsache gewehrt, dass man das Älterwerden irgendwie spüren muss. Im Grund fühle ich mich die letzten 20 Jahre körperlich gleich, obwohl ich zugeben muss, dass meine sportlichen Leistungen nachgelassen haben. »Das liegt aber sicher nur am mangelnden Training«, sage ich mir und fange von Zeit zu Zeit wieder mit den Sportarten an, die ich noch ganz gut kann. Dazu gehören Bodybuilding, Tennis oder Laufen. Leider ist es nicht mehr so ausdauernd wie früher.

Meine Frau hingegen ist da mit sich etwas kritischer. Sie findet hier und da schon Gründe, die sich zum Beweis des Älterwerdens sehr gut eignen. Ich gehe zwar selten darauf ein, was uns sicher so manche Diskussion erspart. Zudem erhält es den häuslichen Frieden, wie ich meine.

Dennoch stellt sich mir seit Jahren eine quälende Frage.

Warum verwenden die Hersteller von Druckerzeugnissen immer kleinere Buchstaben? Wollen die uns Ärgern? Soll da Papier gespart werden? Oder hat das technische Gründe? Auf jeden Fall habe ich seit geraumer Zeit richtige Probleme die Wörter und Silben mancher Artikel zu erkennen und zu lesen. Aufgefallen ist mir das vor etwa fünf Jahren. Im Veranstaltungskalender war ich auf eine Autorenlesung aufmerksam geworden. Als ich dort ankam, handelte es sich aber um eine Autobesichtigung. Das ist schon irgendwie etwas peinlich.

Ja, ich weiß schon, was Sie jetzt denken: Kauf dir endlich eine Brille, du kommst halt in die Jahre! Aber da muss ich sie leider enttäuschen. Ich trage nämlich schon eine Brille, nämlich seit meinem 25. Lebensjahr. Damals sagte mir der Augenarzt, er würde mir zu einer Brille raten, weil ich besonders im Winter bei Sonne und Schnee Lichtprobleme hatte. Blendwirkung nannte er das. Meine Sehschwäche lag bei 0,5 Dioptrien, also nichts Dramatisches. So kam ich zu meiner Brille, die ich bis heute trage.

Aber als kluger Mann höre auch ich von Zeit zu Zeit auf meine Frau. Und so habe ich ihrem Rat folgend einen Optiker aufgesucht, natürlich in meiner Heimatstadt Schwäbisch Gmünd. Da unsere Stadt etwa zehn solcher Fachgeschäfte vorweisen kann, ist die Wahl nicht so einfach. Ich bin zwar ziemlich sicher, dass alle Geschäfte über hervorragende Produkte und geschultes Personal verfügen. Wenn man aber nicht so oft mit dieser Thematik zu tun hat, ist einem vieles erstmal fremd.

Zum Beispiel die Werbung, die uns vorgesetzt wird. Ein renommiertes Ladengeschäft pries ihre Ware an mit dem Slogan: »Bei uns: Brillen mit Sehstärke!« Das fand ich irgendwie schwierig nachzuvollziehen. Was nützt mir eine Brille ohne Sehstärke?

Eine andere Werbung schenkt mir ein Brillenglas, wenn ich das andere samt Brillengestell kaufe. Ich glaube, das wäre doch ein guter Laden für mich. Sparen ist mir schon wichtig. Bei diesem Angebot bezahle ich doch nur ein Brillenglas. Doch halt, kommt es mir plötzlich! Was mache ich, wenn das andere Brillenglas eine minderwertige Qualität hat? Man kennt das ja zur Genüge. Werbegeschenke müssen nicht immer bester Qualität sein. Da freut man sich wie Oskar über ein Geschenk und zwei Stunden später ist es schon unbrauchbar. Nein, nein. Darauf falle ich so schnell nicht herein.

Ich bin da sehr kritisch. Ich überlege, ob ich das Geschäft betreten sollte und dann kommt mir die rettende Idee: Wenn ich nur das Gestell mit dem guten Glas mitnehme und mir woanders das zweite Brillenglas besorge, dann hätte ich doch ein richtiges Schnäppchen geschlagen, oder? Ich glaube, das ist eine wirklich brillante Idee. Hieran haben die sicher nicht gedacht, als sie sich ihre Werbung ausdachten! Ich stelle mich also zunächst draußen vor das Schaufenster und schaue, was sich da drinnen so abspielt. Einige Kunden reden mit Verkäufern, alles sieht ganz normal und sachlich aus. Jetzt kommt ein älterer Herr mit Dackel aus dem Laden und ich entdecke, das was ich erwartet habe: Seine Brille hat zwei Gläser! Als er aus der Tür kommt, grüße ich ihn freundlich, nur um kurz festzustellen, ob er mich wirklich mit seinen beiden Augen wahrnimmt. Ich bin überzeugt, dass er aufgrund der schlechteren Qualität des zweiten Glases irgendwelche Sehprobleme haben muss und irritiert schaut. Sicher wird das minderwertige Glas schnell zu identifizieren sein. Er grüßt nun freundlich zurück, aber gerade in diesem Moment schließt er seine Augen, so dass ich meinen ultimativen Augentest an ihm nicht weiter durchführen kann. Jetzt bin ich aber motiviert! Vielleicht hat er das sogar absichtlich gemacht. Wann kommt der nächste Kunde mit zwei Gläsern?

An der Kasse steht eine äußerst elegante Dame mit sehr dekorativem Hut. Sie zahlt offensichtlich mit ihrer Kreditkarte und nimmt dann ihr Täschlein und steckt ihr neues Lederetui ein. Ihre neue Brille trägt sie voller Stolz, doch kann ich ihre Brillengläser aus der Entfernung nicht deutlich erkennen. Damit diesmal alles richtig für mich läuft, betrete ich genau in dem Moment den Laden, bevor sie die Tür von innen öffnet. Auf diese Weise haben wir vielleicht längeren Augenkontakt und ich kann ihr Brillenglas eindeutig als minderwertig identifizieren.

Ich drücke gegen die Glastür – sie hakt und lässt sich nicht öffnen. Ich stolpere hinein und stoße unsanft mit der Stirn gegen die gepanzerte Sicherheitstür. »Aua«, schießt es aus mir heraus und im nächsten Moment fällt ein Glas aus meiner Brille welches den Zusammenprall nicht ohne Schaden überstanden hat. Das Glas fällt der eleganten Dame direkt vor die Füße. Sie bückt sich, hebt es auf und blickt mir tief in die Augen.

Ich stehe etwas hilflos herum, da sagt sie: »Junger Mann. Eine Brille verbessert die Optik – oder verschlechtert sie! Ich denke in Ihrem Fall stimmt wohl eher die zweite Aussage.«

Ein Verkäufer kommt hinzugeeilt und fragt besorgt: »Kann ich Ihnen helfen?«

»Ja, ich hätte gerne eine Brille mit zwei Gläsern.«

Die Gmünder WortUhr

Samstagmorgen. Heute ist ein morgendlicher Stadtbummel mit meiner Ehefrau vorgesehen. Wir haben phantastisches Wetter, sind ausgeschlafen und unsere Kinder sind seit gestern bei lieben Freunden in Stuttgart untergebracht. Ich freue mich auf ein gutes gemeinsames Frühstück. »Wie möchtest du dein Frühstücksei?«, höre ich meine Frau aus der Küche fragen. »Am liebsten weich, aber bitte nicht zu weich«, gebe ich spontan zur Antwort. »Wie denn nun«, kommt es als Antwort zurück, »also weich!«. »Naja, weich eben«, gebe ich zurück, ohne den Gallertanteil genauer zu definieren. Jeder, der schon mal Eier mit oder ohne Eierkocher perfekt hinbekommen wollte, weiß, dass es einen großen Unterschied zwischen Theorie und Praxis gibt. Es gibt sogar einen Unterschied zwischen braunen und weißen Eiern. Und es gibt einen Unterschied, was man unter einem Ei mittlerer Größe versteht. Mir fiel dazu das Buch: »Ein gebildeter Kranker« von Prof. Dr. med. Gerhard Uhlenbruck ein. Er zitiert dazu eine schöne Weisheit, die da lautet: »Notfalls muss man die Uhr nach dem Ei stellen«. Einen Augenblick liegt mir der Spruch auf der Zunge, doch ich reiße mich zusammen. Solche Sprüche können einem harmonischen Morgen die Leichtigkeit nehmen.

Mittlerweile sind wir auf dem Weg und haben einen Parkplatz in Bahnhofsnähe gefunden. Seit einigen Tagen hängt an dem gegenüberliegenden Gebäude die neue Gmünder WortUhr. Es ist keine dieser klassischen Uhren mit Zeigern und Ziffern, die eben auch mal stehenbleiben können. Die WortUhr zeigt die Uhrzeit in Wörtern an. Zuverlässig und noch dazu in einem erstklassigen Design. Und vor allem: Made in Schwäbisch Gmünd!

Ich bin auch für das Moderne und natürlich ist mir auch klar, dass manche Dinge irgendwann mal ausgedient haben. Aber muss das ausgerechnet die gute alte Uhr mit Zeigern und Ziffern sein? Die, die mit ihren leuchtenden Ziffern immer so schön auf dem Nachtschrank stand? Deren lautes Ticken nervig und unbarmherzig war?

Wir sitzen im Café und trinken einen Capuccino. Ich neige mittlerweile zur Melancholie, weil ich über das mögliche Lebensende der guten alten Ziffernuhr nachdenke und sie mir einfach nicht mehr aus dem Sinn geht. Unbarmherzige Fragen schießen mir durch den Kopf. Was macht die Sängerin Vicky Leandros nur ab heute, wenn sie damals sang: »Halt die Welt an, stopp die Zeiger der Uhren. Die schönen Stunden mit dir gehen sonst viel zu schnell vorbei.« Wie hält man in Zukunft nur eine WortUhr an? Klebt man die feindlichen Wörter dann einfach zu? Heißt der neue Song dann vielleicht: »Halt die Welt an, kleb die Wörter einfach zu. Die schönen Stunden mit dir gehen sonst viel zu schnell vorbei.« Zieht man am Ende vielleicht den Stecker? Welche Hilfen zum erfolgreichen Rendezvous bietet mir eine WortUhr? Wird das vielleicht das Ende musikalischer Rendezvous der Zukunft?

Was wird aus der guten alten Standuhr mit ihren mächtigen wiederkehrenden Schlägen? »Lange, bange Minuten herrscht eisiges Schweigen, bis ein mächtiger dumpfer

Schlag ein Loch in den Mantel des Schweigens riss.« So nannte Annegret Kronenberg den Schlag der Standuhr. Standuhren sind die heimlichen Herrscher der Häuser, in denen sie stehen. Wer würde ihnen zu widersprechen wagen? Man hat den Eindruck, sie sind die Patriarchen des gesamten Mobiliars. Wenn sie schlägt, schweigen alle. Seit Jahrhunderten ist sie die heimliche Herrscherin von Schlössern und Burgen. Wie wird eine WortUhr im Vergleich dazu »schlagen«? Wird sie die Rolle des mächtigen Wohnherrschers abnehmen können?

Mittlerweile haben wir die meisten Besorgungen gemacht und wir ziehen in Richtung Stadtgarten. Das schöne Wetter lädt ein, einige Minuten in der Sonne zu sitzen und zu entspannen. Wir haben ein nettes Plätzchen auf einer Parkbank gefunden.

Doch meine Gedanken verweilen wieder bei der guten alten Uhr. Manche Sinnsprüche über sie sind uns in Leib und Seele übergegangen. Wenn jemand salopp formuliert »Tacheles redet«, sagt er im Grunde, was nun die Uhr geschlagen hat. Wie soll das bloß mit der WortUhr aussehen? Sie schlägt nicht, kein Ticktack. Was wird in Zukunft gesagt werden, wenn jemand auf den Ernst der Lage hinweist? Etwa: »So Leute, kommt mal alle zusammen. Ich muss euch jetzt endlich sagen, was die Uhr zeigt.« Wenn kein brisantes Stündlein mehr zur Umkehr schlägt, was dann?

Ich versuche meinen Gedanken eine positivere Richtung zu geben. Gibt es denn wirklich keinen Vorteil der Wort-Uhr? Meine Bemühungen suchen nach positiven Sinnsprüchen. Vielleicht werden die Zeiten demnächst einheitlicher, denn niemand wird mehr sagen: »Bei euch laufen die Uhren anders als bei uns.« Möglicherweise vermag die Uhr auch Lebenszeit verlängern, denn schließlich kann die WortUhr bei niemandem mehr ablaufen. Und auch der Mond verdient wieder mehr Respekt, denn keine Uhr wird mehr nach dem Mond gehen. Aber am meisten freuen mich die freundlicheren Umgangsformen, denn wohl niemand wird den anderen mehr mit dem Wort anklagen: Du tickst ja wohl nicht richtig. Denn, eine WortUhr tickt eben nicht.

Bevor ich mich hier noch weiter verstricke und Sie, lieber Leser, denken: »Also wirklich, jetzt schlägt es bald 13«, versuche ich mich über die neue Gmünder Errungenschaft zu freuen. Eine neue, gestylte Uhr muss ja gar nicht Altes und Bewährtes ablösen. Im Gegenteil, es kann durchaus ein harmonisches Miteinander geben. Schließlich gibt es seit Jahrhunderten verschiedene mechanische und analoge Uhren unterschiedlichster Bauart, die alle ihren eigenen Platz haben.

So wird auch die Gmünder WortUhr ihren Platz bereits bei vielen Liebhabern haben. Dass sie in übergroßer Dimensionalität am Bahnhof prangt, ist natürlich etwas sehr Besonderes.

Ich hoffe nur, dass sich kein Kuckuck in der Uhr niederlässt. Der Kuckuck baut bekanntermaßen kein Nest, weil er ja in der Uhr wohnt.

Parkplatzprobleme

Ein gewöhnlicher Donnerstag. Ich fahre meine jugendliche Tochter mit dem Auto zum Klavierunterricht. Normalerweise eine Fahrzeit von 15 Minuten, aber diesmal meint es der Stau am Mutlanger Berg besonders gut mit uns. Immerhin – wir bewegen uns schon mal vorwärts. Da gab es hier schon ganz andere Momente. Wir schaffen es gerade rechtzeitig zur Adresse am Straßdorfer Berg. Zum Glück muss ich hier nicht parken.

Ich habe in der Stadt noch Besorgungen zu machen und so nutze ich natürlich diese Gelegenheit. Also geht meine Fahrt in Richtung Innenstadt. Hier sieht es heute düster aus – es ist kein passender Parkplatz zu finden. Also lasse ich mich von der Masse der Autos erstmal treiben. Ohne Erfolg.

Nach zehn Minuten hat mich der Verkehr aus der Stadt gedrängt und ich befinde mich wieder auf der B298, diesmal nun in Richtung Mutlangen. Da will ich gar nicht hin. Ich kann erst auf halber Höhe den Mutlanger Berg hinauf wenden. »So jetzt aber«, denke ich, »zweiter Versuch« und reihe mich wieder ein. Plötzlich und unerwartet entdecke ich ein Schild, welches ich im Unterbewusstsein sicher bestimmt schon hundert Mal wahrgenommen habe. »Parkleitsystem« steht oben drüber und darunter sind verschiedene Parkhäuser aufgeführt. Diesmal habe ich natürlich an dieser Stelle keinen Stau, um mir die entsprechenden Parkhäuser besser einzuprägen. Also fahre ich die nächste Strasse ab, um zu halten und laufe das kurze Stück zurück.

Sechs Parkhäuser zieren unsere schöne Stadt und alle scheinen für mich noch Kapazität zu haben. Aber welches Parkhaus soll ich nehmen? Ich fange oben an. City Center. »Noch 425 freie Plätze«, juble ich. »Ich brauche davon doch nur einen«. Die anderen Parkhäuser haben weit weniger anzubieten. Doch in die unmittelbare Innenstadt wollte ich eigentlich nicht. Dennoch entschließe ich mich hinzufahren. Denn, vielleicht bekomme ich meinen Lieblingsschafskäse an dem kleinen Verkaufstand am Aufzug. Die Fahrt durch die Stadt geht recht zügig, selbst die vorfahrtsberechtigten Fußgänger winken freundlich durch. Ich bin begeistert! »Die 425 freien Parklätze sprechen sich eben nicht so schnell herum, schaut halt mal auf die Tafeln des Parkleitsystems«, denke ich grinsend, während mir eine ziemlich genervte Mitdreissigerin in ihrem Kombi entgegen kommt. Auf der Rückbank sitzen mehrere Kinder, ihre opulenten Musikinstrumente versperren ihr die komplette Rücksicht nach hinten. Wie hat sie die bloß alle da untergebracht? In diesem Moment bin ich doch dankbar, dass meine Tochter Klavier spielt.

Die Parkhausauffahrt ist frei. Ich ziehe das Ticket und es geht um eine lange dunkle Kurve im Gebäude. Dann steht plötzlich ein weißer Transporter mit Warnblinklicht vor mir. Andere Fahrzeuge folgen mir bereits, von denen einer schon wie wild hupt. Es ist hier ziemlich dunkel, erst langsam gewöhne ich mich an die Dunkelheit. Da entdecke ich, dass der Transporter an der Decke der Auffahrt hängen geblieben ist. Nichts geht mehr. Das Hupen hinter mir hört nicht auf. Ich steige aus und höre die lebhafte Diskussion, die oben geführt wird. Einmischen werde ich mich sicher nicht.

Ich möchte nur gerne einen der 425 freien Parkplätze. Damit wäre ich jetzt wirklich glücklich.

Stattdessen geht nun alles wieder zurück. Der Huper muss als Erster rückwärts fahren. »Vielleicht hupen wir jetzt, da er ja der erste in der Schlange ist«, kommt es mir etwas genervt in den Sinn. Doch ich besinne mich auf meine guten Eigenschaften. Er setzt sein Fahrzeug unsicher zurück und erwischt die Einfahrtsschranke, die daraufhin unbeweglich auf 9 Uhr stehen bleibt.

Ich zwinge mich zur Ruhe zu kommen. »Ich habe doch mein Ticket und meinen Parkplatz. Also entspann dich«! Im Parkhaus gibt es nun noch lautere und heftigere Diskussionen, während ich mir leise Klänge aus dem Radio vorspielen lasse. Langeweile befällt mich und ich nehme mein Handy zur Hand. »Kein Empfang – auch gut.«

Irgendwann muss ich eingeschlafen sein, denn ein wildes Hupen weckt mich aus meinen sanften Träumen. Als ich aus dem Rückfenster blicke, bemerke ich dass der Huper das Parkhaus bereits verlassen hat. Nun war aber ein weiteres Fahrzeug beim jonglierenden Rückwärtsfahren gegen die Schranke gefahren, die mir aufgrund ihres desolaten Zustandes langsam leid tut. Wieder wurde endlos diskutiert. Ein Hund läuft herrenlos an meinem Fahrzeug vorbei und blickte mich mit Verachtung an. Dann fängt er wie verrückt an zu bellen, was mich von meinem Vorhaben abbringt, mein Fahrzeug zu verlassen, um meine Besorgungen zu machen.

Mittlerweile würden wir es sicher auf die Titelseiten der Tageszeitungen bringen mit dem Chaos an Fahrzeugen, einer zerborstenen Einfahrtsschranke, lebhaften Diskussionen, geschmückt mit lautem Gebell. Und ein neuer Huper lässt es sich nicht nehmen, seine Anwesenheit lautstark bekannt zu geben. Plötzlich fühle ich mich einsam. Ich sehne mich nach meinem Parkplatz Nr. 425. Sicher ist er an einem sonnigen Platz ganz oben auf der Terrasse. Umsäumt von freundlichen Menschen, die ihre bunten Kleinwägen mit wichtigen Einkäufen beladen. Gut erzogene Kinder freuen sich über die kleinen kakaohaltigen Geschenke ihrer Eltern. Wie schön kann das Leben doch sein.

Mein Handy klingelt. »Wann bist du endlich fertig mit deinen Einkäufen? Ich orte dich seit über zwei Stunden im Parkhaus!« Meine allerliebste Frau ist am Telefon. »Tja, dass ist gerade etwas schwer zu erklären«, sage ich, »hier ist es so laut, ich rufe nachher zurück.« Nebenbei habe ich die Seitenscheibe etwas geöffnet, was dem Hund Gelegenheit gibt, nun endlich alles zu geben. Die Telefonverbindung reißt ab. Ich schließe die Scheibe wieder.

Die Schranke ist nun unter jubelndem Applaus endlich demontiert und es scheint aufwärts, beziehungsweise abwärts zu gehen. Nun bin ich dran, rückwärts den Ort des Schreckens zu verlassen. Der Hund weicht nicht von meiner Seite und kläfft was das Zeug hält. Ich öffne das Fenster und schreie ihn an. Sein Herrchen gehört dem vorderen Crash-Transporter, der ihn nun endlich lautstark zu sich ruft. Nach kurzer Zeit habe ich das Schreckenshaus verlassen und bin draußen. Das Parkhaus zeigt nun 488 freie Plätze. Die Geschäfte haben geschlossen, mein Handy zeigt zwölf unbeantwortete Anrufe. Ich fühle mich einfach nur müde.

Frequenz 77,5 kHz

»17 Jahre sind genug!« Leise aber ziemlich deutlich klang es mir, als würde mein guter alter Elektroherd zu mir sprechen. So viele Jahre war er zuverlässig und stets »Feuer&Flamme« zur Stelle, wenn es um die Kochkünste unserer heimischen Ernährung ging. Seit gestern Abend beschloss er nun offensichtlich in den wohl verdienten Ruhestand zu gehen. Unser Herd war unrettbar defekt.

»Da kascht du dir glei einen Neuen kaufen«, mein netter Nachbar Egon ist immer da, wenn ich ihn und seine Meinung am wenigsten brauche. »Weisch, die bauen die Geräte absichtlich so, dass sie nicht lange halten. Des wois i von meinem Schwager, der schafft in so einem Elektroladen.« Ich war nicht in Diskussionsstimmung und ließ ihn einfach stehen. Wenn ich aber ehrlich darüber nachdenke, dann finde ich 17 Jahre für ein Elektrogerät schon ganz beachtlich. Natürlich ist es irgendwie auch ärgerlich, denn schließlich stehen Kosten an, die weder geplant noch erwartet wurden.

Mein Freund Walter ist für so ein Problem der richtige Ansprechpartner. Wir kennen uns seit fast 20 Jahren. Er betreibt sehr zuverlässig ein ausgezeichnetes Fachgeschäft für Elektrohaushaltsartikel in unserer Stadt. So manches nützliche Elektroteil habe ich bei ihm in dieser Zeit erworben und wir hatten nie irgendein Problem miteinander. »Kauf dir unbedingt einen Induktionsherd«, riet er mir. »Da brennt dir nichts mehr an und du sparst viel Energie!«

Ehrlich gesagt, wusste ich nicht im Ansatz, was ein Induktionsherd sein sollte. Aber ich hörte Walter gebannt und aufmerksam zu. Schließlich sind elektronische Haushaltsgeräte nicht unbedingt meine Welt. Aber was er sagte und erläuterte, war sehr überzeugend. So gab ich ihm den Auftrag und am kommenden Montag würde das Gerät schon bei uns eingebaut werden.

Meine liebste Ehefrau war sehr überrascht über meine schnelle Entscheidung, doch sie freute sich schnell ebenfalls auf die neue Errungenschaft. »Schau, dass du nur Töpfe mit einem magnetischen Boden verwendest, Alutöpfe sind ungünstig«, ging es mir noch durch den Sinn. Meist hatte Walter ja recht mit dem, was er sagte. »Aber vielleicht irrt er sich dieses Mal«, und schon hatte ich unsere bewährte Alupfanne auf dem Kochfeld. Bei Kochstufe 1–3 passierte dann gar nichts, auch nicht bei Stufe 9. »Also dann schalte ich eben den Mega-Booster ein«, aber auch hier geschah rein gar nichts. Aus irgendeinem nicht erklärbaren Grund fiel mir genau in diesem Moment mein Nachbar Egon ein. Manchmal scheint es mir, als verfolge er mich. Meist dann, wenn irgendetwas aus dem Ruder läuft.

Ich nehme dann also die Pfanne mit dem magnetischen Boden. Zum Glück befindet sich eine davon noch in unserem Bestand. Nach dem Einschalten vernehme ich ein leichtes Brummen und ich habe das Gefühl, als ob unsere Pfanne auf der Kochscheibe »klebt«. Aber ich bin sehr überrascht, wie schnell das Aufheizen vor sich geht. Nach dem Abschalten des Herdes ist alles gestoppt. Keine Wärme – keine Regung. Ein Induktionsherd funktioniert mit elektromagnetischen Strahlen. Energie wird magnetisch übertragen. So gibt es keine Abwärme, deshalb werden die Töpfe in der Regel auch nicht heiß. Und deshalb brennt auch nichts an.

6.15 Uhr früh, der Wecker fiept. Höchste Zeit, aufzustehen und langsam meine jugendlichen Kinder zu wecken. Ich wundere mich, dass es draußen schon so hell ist und ich bin auch relativ gut ausgeschlafen. »Auch gut«, denke ich, während ich auf dem Weg bin, die Kinder zu wecken. Beide Zimmer sind jedoch leer, die Kinder sind nicht da. Leichte Panik befällt mich und ich gehe ins Badezimmer – auch leer. Jetzt werde ich nervös. Was ist hier los?

Ich stürze ins Schlafzimmer, um meiner Frau schonend beizubringen, dass unsere Kinder wahrscheinlich entführt wurden. Es gibt keine Spur, was hier geschehen sein konnte.

Sie kommt mir mit einem irren Tempo die Treppe entgegen und ruft noch hinter mir her: »Wir haben verschlafen!« Im Schlafzimmer schaue ich auf meine Nachttischuhr, die richtigerweise 6.21 Uhr anzeigt. Ich rufe meiner Frau etwas hinterher, die jedoch schon im Badezimmer verschwunden ist.

Zwei Minuten später treffen wir uns in unserer Küche wieder. Unsere neue Herduhr zeigt 8.15 Uhr, was übrigens genau meiner inneren Verfassung entspricht. »Deine Uhr im Schlafzimmer geht total falsch!«, höre ich meine Liebste mich angreifen. »Die Kinder sind ohne uns aufgestanden und längst in der Schule!« »Aber warum sollte gerade meine Atomuhr falsch gehen, schließlich hat der Physiker Isidor Isaac Rabi im Jahre 1944 einen Nobelpreis für Physik für diese perfekte Errungenschaft erhalten.« Meine Argumentation morgens um diese Zeit überzeugt selbst mich. »Meine Uhr geht absolut genau«, triumphiere ich »so exakt genau, dass sie in 20 Millionen Jahren höchstens eine Sekunde abweicht!«

»So, das wäre dann jetzt wohl deutlich geklärt«, dachte ich. »Seit zehn Jahren habe ich eine Funkuhr am Bett, die mich noch nie versetzt hat!«

Beim Gedanken an meine Funkuhr kam mir jedoch die Frage, warum die Herduhr dennoch eine andere Uhrzeit anzeigt, als meine Funkuhr. Ein Blick auf mein Smartphone gab der Herduhr indes recht: Es ist 8.19 Uhr. Ich renne ins Schlafzimmer. Meine Atomuhr zeigt nun eine völlig andere Zeit: 17.18 Uhr. Was war hier los? Ist dem Caesium, Rubidium oder dem Wasserstoff die Energie ausgegangen? Wie konnte die Uhrzeit eines banalen Herdes über die perfekte Werten einer nobelpreisgekrönten Atomuhr triumphieren?

Es klingelt. Mein Nachbar Egon steht vor der Tür. »Ich hen grad den grosse Karton in eurer Garage gsehe, hascht jetzt einen neuen Herd, gell?« Ich bin mir sicher, er hatte längst das auf dem Karton aufgeklebte Datenblatt des Herdes studiert, um es mir nun genau zu erklären.

»Woisch, elektromagnetische Strahlen sind mordsgefährlich, da ka ma dran sterbe.« Egon hielt etwas inne. »Mei ehemaliger Nachbar hat au so oinen Stromherd ket und dem wär beinah das Herz stande blieba.« »Wieso das denn?«, frage ich, »hat er sich vielleicht im kalten Winter auf die Kochplatte gesetzt?« Ich lache scherzhaft dabei. »Noi, noi«, sagt Eugen nun noch ernster, »der hat doch diesen Herzschrittmacher, und das verträgt sich mit den Magnetwellen net so recht!« Ich lachte nun nicht mehr.

Am Abend las ich nun ausgiebig die Bedienungsanleitung des Herdes, was ich in der Regel nicht so gerne mache. Schließlich weiß man als Mann über Technik doch genau Bescheid. Aber Egons Ausführungen machten mich nun doch nachdenklich. Gründlich las ich alle Hinweise, auch die zum Thema Wechselwirkungen mit anderen technischen Geräten.

Und schließlich wurde mir klar, warum mein Wecker irritiert war. Die Frequenz 77,5 kHz ist exakt die gleiche Frequenz, die Funkuhren und Induktionsherde gleichermaßen nutzen. Da kann es schon mal zu Überschneidungen in der Funktionalität kommen.

Meinen Atomwecker haben wir mittlerweile außer Betrieb gesetzt. Auf meinem Nachttisch steht wieder ein richtiger Wecker: Nachts leuchten die Ziffern, er klingelt mit dem turbulenten Klingelgeräusch des Pausenschulhofes und er hat ein manuelles aufziehbares, nicht zu überhörendes, laut tickendes Uhrenwerk. Ich fühle mich um 40 Jahre zurückversetzt. »Irgendwie ist es toll«, denke ich.

Meiner liebsten Ehefrau hat die Umstellung nicht so sehr gefallen. »Erst inszenierst du eine Kindesentführung, dann verstrahlst du uns mit deinem Herd das ganze Haus und am Ende tötet mir das Ticken deines Weckers den letzten Nerv. Warum hörst du nicht einmal auf Egon? Der hat übrigens seinen Herd jetzt auf Erdgas umgestellt. Gestern habe ich ihm und Gertrud unsere Töpfe und Pfannen zum Entsorgen mitgegeben. Du solltest jetzt eigentlich zu ihnen rübergehen und dich bedanken, damit du das alte Zeug nicht auch noch extra entsorgen musst!« »Entsorgen!«, murmele ich. »Ich weiß doch, was der Eugen damit macht: Spare!«

Haarspalterei

Montagmorgen, so gegen 10 Uhr. Ich sitze in meinem Büro und erwarte Andrea. Mit ihr bin ich verabredet, weil wir die geplanten Events für das nächste Jahr durchsprechen wollen. Keine einfache Aufgabe, denn was wir besprechen, betrifft Events im europäischen Gebiet von Helsinki bis Malaga und von Edinburg bis nach Krakau. Andrea wirkt entspannt, schließlich hat sie ihren Job seit Jahren sehr gut im Griff. Allerdings ist sie auch darauf angewiesen, dass auch ich meinen Job in dieser Kette ebenfalls gut im Griff habe. In 90 Minuten haben wir die wesentlichen Details besprochen und widmen uns den angenehmeren Dingen des Lebens.

Andrea ist eine sehr weltoffene, interessierte Frau und so plaudern wir über meine Heimatstadt. Mit gut 60000 Einwohnern ist Gmünd natürlich mehr als nur eine übersichtliche Stadt. Man kennt sich und redet miteinander. Am Wochenende ist die Stadt voller Besucher, der Markt beliebt und die Cafés haben Hochsaison. 2014 gibt es dann noch die langersehnte Landesgartenschau. Ich schenke Andrea zum Abschied dafür je eine Tageskarte für sie und ihren Mann. So haben wir Gelegenheit, uns bald mal wieder zu sehen.

Nachdem sie unser Büro verlassen hat, trinke ich erst einmal einen gemütlichen Cappuccino. Dabei fällt mein Blick in den Spiegel neben unserer mobilen Küche. Irgendwas sieht heute anders aus an mir, doch ich kann nicht gleich entdecken, was es ist. Nach ein paar Minuten habe ich es: Es sind die grauen Haare, die sich durch die noch verfügbare stolze Haarpracht zeigen. Irgendwie stört mich das im ersten Moment. Allerdings, wenn schon in den letzten Jahren etliche Haare meinen Schopf verlassen haben, dann hängt man doch an den restlichen umso mehr. Eigentlich möchte ich nicht unbedingt, dass diese auch noch weiter gekürzt oder gar in der Länge halbiert werden. Wirklich!

Am Abend erzähle ich der besten aller Ehefrauen von meinem morgendlichen Erlebnis mit Andrea und meinem entdeckten, grauen Haaransatz, die darauf sofort einen Termin beim Friseur für mich vereinbart. »Damit du wieder ordentlich aussiehst. Das hättest du ja auch machen können, bevor Andrea kommt«, tadelt sie mich. »Andrea interessiert, wie gut ich meinen Job mache. Meine Haare kommen da nicht unbedingt ins Kalkül«, denke ich, doch ich behalte es dann doch lieber für mich.

Dienstag 14.30 Uhr: Die Zeit für den Friseurtermin. Irgendwie fühle ich mich wie ein Lamm, das zur Schlachtbank geführt wird. »Es sind doch nur ein paar Haare«, höre ich eine innere Stimme in mir. Mein Vater kommt mir plötzlich in den Sinn. Als ich Jugendlicher war, ließ ich die Koteletten etwas länger wachsen, als ihm das vielleicht lieb war. »Irgendwann, wenn du schläfst, schneide ich die Haare einer Seite einfach ab« klingt es mir noch im Ohr. Offensichtlich war er manchmal etwas verzweifelt mit mir. Dabei meinte ich es damals gar nicht so. Jugendliche meinen oft nicht, was sie so sagen. Aber ich erinnere mich, dass ich morgens als erstes immer im Spiegel nachgeschaut habe. Aber es sah immer noch so aus, wie am Abend davor. Ich bin sicher, mein Dad hätte das auch nie wirklich gemacht. Aber Jugendliche können einem schon ziemlich zusetzen.

Doch heute wird es ernst. Ich stehe in der Ladentür eines bekannten Frisiersalons in der Ledergasse und eine gut gelaunte Frau, um die 40, begrüßt mich freundlich. »Sie haben um 14.30 Uhr einen Termin?« »Ja, wenn es denn sein muss«, murmele ich zurück. Doch sie hört das nicht und studiert ihren Terminkalender. »Einen Augenblick bitte noch, setzen sie sich doch kurz.« Sie zeigt auf die bereitstehenden Stühle. Ich kenne sie nicht mit Namen, aber die Spardosen an der Theke nennen mir zwei Namen: Gudrun und Sabine. Ich entscheide mich dafür, dass ich es mit Sabine zu tun habe. Dann setzte ich mich und ertappe mich dabei, wie ich langsam die gleichen Gefühle bekomme, wie damals als Jugendlicher. Irgendwie unruhig und wohl wissend, dass gleich etwas nicht Alltägliches passiert.

Ich schaue mich etwas um. Die zwei offensichtlich routinierten Friseurinnen, die schnell und zielsicher ihren Job machen, sausen durch den Laden. Ein Plakat eines weltbekannten Friseurausstatters zeigt die neuesten Haartrends: Frauen mit Frisuren, die offensichtlich am Computer, aber nicht in der Wirklichkeit entstanden sind. Die dazu gestalteten Gesichter sind realitätsfremd und stoßen mich eher ab. Ich kann nicht glauben, dass irgendjemand wirklich so aussehen möchte.

Einem kleinen Jungen werden die Haare geschnitten. Er schaut irgendwie unzufrieden aus. Die Hand der nebenstehenden Mutter drückt seinen Kopf mal nach vorne und mal zur Seite. Einer anderen Frau werden die Haare geföhnt.

Sie hat eine wallende Mähne. Die Friseurin gibt ihrem Haar mit der Rundbürste den letzten Schliff. Plötzlich klingelt das Telefon. Rundbürste oder Hörer, das ist jetzt die Frage, vor der sie steht. Sie entscheidet sich für das Telefon. Die Rundbürste steckt noch im Haar, während sie den nächsten Termin im Kalender einträgt.

Nach ein paar Minuten bin ich dran. Sabine hat mich auserkoren und ich setze mich und bekomme den obligatorischen Umhang um. Wann immer ich mich im Spiegel die letzten Jahrzehnte so selbst betrachtet habe – ich bekomme stets leichte Magenkrämpfe. Es sieht einfach immer irgendwie lächerlich aus. »Da kannst du grinsen, oder Grimassen schneiden, nie sieht es auch nur annähernd gut aus.« Ich bin immer froh, wenn der Umhang wieder abkommt.

»Bitte etwas kürzer schneiden und das abgeschnittene bitte dort auffüllen wo es fehlt«, so auch heute mein Standardspruch beim Friseur. Lustigerweise bekomme ich jedes Mal eine andere Antwort. Heute sagt sie: »Aber ich bitte Sie, Männer mit weniger Haaren und grauen Schläfen sind doch interessant, so sagt man zumindest.« Das war eigentlich das Letzte, was ich heute hören wollte. Ich will hier weder interessant sein, noch als reifer Mann gelten. Aber ich weiß natürlich auch, dass sie es eigentlich nur gut gemeint hat.

Ich traue mich, sie auf meinen grauen Haarwuchs aufmerksam zu machen. »Bei so wenig grauen Haaren lohnt es sich nicht zu färben«, sagte Sabine selbstsicher. »Das haben wir gleich«, und sie beginnt mit ihrer Arbeit. Ihr Schneidewerkzeug trägt sie in einem Ledergürtel um ihre Hüfte geschnallt. Ein richtiger Handwerkergürtel. Es stecken so viele Utensilien darin, dass es mir schwerfällt, alle zu identifizieren. Ich überlege, was wohl passieren würde, wenn ich einen Magneten hätte, den ich unsichtbar unter meinem Vorhang in die Nähe ihres Ledergürtels hielte. Wahrscheinlich hätte ich alle zwölf Scheren und noch mehr am Magneten.
Plötzlich hält sie inne und fragt mich: »Möchten sie einen guten Witz hören? Es geht um graue Haare!«

»Wenn es sich dabei nicht gerade um meine Haare handelt«, antworte ich gelangweilt.

»Nein, wo denken sie hin. Eigentlich geht es eher um mich. Also nicht direkt, eher indirekt, verstehen sie?«

»Nein«, sage ich wiederum gelangweilt und schaue Sabine nun in meinem Spiegel an.

Sie hält inne und erzählt: »Also ein Mann kommt zum Friseur und will sich die Haare schneiden lassen. Er hat nicht soviel Zeit und bittet darum, dass es schnell geht. Die Friseuse beginnt. Sie schneidet hier und dort. Dann oben und die Seiten. Dann vorne und zum Schluss den Nacken. Nach 15 Minuten ist sie immer noch nicht soweit. Plötzlich hält sie inne und schaut sehr besorgt aus. Sie wendet sich ihrem Kunden zu und sagt: ›Tut mir wirklich leid, dass ich ihnen das so sagen muss, aber sie werden langsam grau!‹ Der Kunde antwortet trocken: »Das wundert mich nicht bei ihrem Arbeitstempo!« Bevor ich darüber schmunzeln konnte, brach auf dem Stuhl neben mir ein Gelächter aus. Der kleine Junge hatte heimlich mitgehört und war nicht mehr zu beruhigen.

Sabine arbeitet routiniert und freundlich weiter und macht einen wirklich guten Job. Ihre Kollegin ist mittlerweile mit dem kleinen Jungen fertig geworden und es liegen etliche Haarbüschel auf dem Boden. Sie holt einen Besen und versucht alles ordentlich zusammenzufegen. Das gute Teil war schon so oft in Gebrauch, dass es keine Borsten mehr hat. Aber sie bekommt das trotzdem gut hin. Mittlerweile ist auch mein Haarschnitt fertig und ich betrachte meine Hinterseite in einem bereitgestellten Spiegel. Und wie immer schaue ich nicht auf den Schnitt, sondern vielmehr auf die Stellen, wo früher einmal meine volle Haarpracht wuchs. Machen das eigentlich alle Männer beim Friseur? Das würde mich wirklich mal interessieren.

Jetzt befreit sie mich von dem Halsbändchen und pinselt meinen Nacken von den lästigen Haarresten frei, was bei mir seit meiner Kindheit ein schauriges Nervengefühl auslöst. Umhang ab und endlich geschafft. Ich suche nach den grauen Haaren, die sich noch vor wenigen Minuten zeigten, kann aber auf den ersten Blick keine mehr entdecken. Sie liegen in kurzen Stoppeln auf dem Boden.

Zu Hause präsentiere ich meine neue Haarpracht. Meine Frau ist begeistert. »So, mit dir kann man sich wieder unter die Leute wagen«, war ihr klares Resümee. Darauf öffne ich die Tasche mit den Dingen, die ich für sie eingekauft habe. »Extra für dich habe ich vom Friseur etwas ganz Neues mitgebracht«, überrasche ich sie. »Du wirst erstaunt sein, was es alles so gibt. Ein Shampoo, welches man ohne Wasser benutzen kann!« Ich selber kannte das auch noch nicht und war deshalb begeistert.

»Das kenne ich doch schon – Trockenshampoo nennt man das. Das gibt es schon seit vielen Jahren«, belehrte mich die beste aller Frauen.

»Nein«, sagte ich darauf, »es ist nicht trocken, sondern flüssig, wie die anderen sonst auch. Und auf der Verpackung steht extra: Für trockenes Haar – also nicht für feuchtes Haar!«

Sie schaut mich nur mitleidig an, ohne einen weiteren Kommentar abzugeben.

Am Abend diskutieren wir doch noch einmal über die Shampoofrage. »OK, ich habe verstanden«, so meine Zustimmung. »Trockenshampoo ist wie eine Art Pulver, vielleicht vergleichbar mit Mehl oder so. Aber das gekaufte Shampoo für speziell trockene Haare ist flüssig und dein Haar leuchtet hinterher golden«, startete ich einen neuen Versuch, mein Geschenk an den Mann, beziehungsweise an die Frau zu bringen. »Probier es doch mal aus!«

Sie schaut mich zunehmend freundlicher an und meint: »Haarspalterei kann auch von Menschen mit wenig Haaren betrieben werden.«

Solare Holpersteine

Hurra! Unsere Solaranlage ist endlich installiert. 32 solare Photovoltaikpanele schmücken nun unser Dach. Und farblich passen sie hervorragend zu unseren Dachziegeln. Doch für mich zählt hier nicht nur die Optik. Vor allem die produzierte Energie kann sich sehen lassen. Nach Angaben des Herstellers werden wir pro Jahr 7000 kWh herstellen. Das ist weit mehr als wir verbrauchen. Gut, der Ertrag wird aufgrund des wechselnden Wetters sicher schwanken, aber grundsätzlich sind die Erträge konstant.
Die Handwerker sind fertig, alles sieht sehr professionell aus. Sämtliche Kabel wurden sauber verlegt und im Keller sind sie sogar lesbar beschriftet. Ich starre auf das neue technische Gerät im Kellervorraum. Wechselrichter nennt es sich. Was richtet der eigentlich? Verstanden habe ich das immer noch nicht ganz. Egal, heute scheint die Sonne aus allen Knopflöchern und ich will, dass es jetzt langsam losgeht.

Ich gehe mit den Monteuren in den Keller und erwarte eine kleine Einführung. Wir stehen gebannt vor dem Wechselrichter und er blinkt schon mal. »Super«, sage ich, »heute muss es ja richtig laufen!« Die Monteure drücken nun hier und da und verschiedene Zahlenwerte huschen über das kleine Display. »Und?«, ich werde immer nervöser. »Schalten Sie jetzt endlich ein?« Meine Augen blicken erwartungsvoll umher. »Leider geht das nicht«, bekomme ich streng zur Antwort, »denn da wird ihr Energieversorger sicher etwas dagegen haben.« Ich bin verwirrt und denke: »Was soll der denn dagegen haben, wenn ich meinen erzeugten Strom selber nutze«? Der Monteur erklärt mir Folgendes: »Wenn wir die Anlage jetzt einschalten und die erzeugte Energie ist größer als das, was ihr Haus an Energie verbraucht, dann wird die überschüssige Energie in sein Netz weitergeleitet. In diesem Fall würde ihr Zähler rückwärts zählen.« Demnach würde der Energieversorger an den ursprünglich verkauften Kilowattstunden ja nichts verdient haben. »Tut uns leid, wir müssen die Anlage wieder abschalten«, sagte er nun noch einmal, nachdem er mir die Funktionalität für kurze Sekunden demonstriert hatte. Tatsächlich, die Zählscheibe lief in diesem Moment rückwärts. Ich war verblüfft.

Die Monteure gingen und ließen mich etwas enttäuscht zurück. Da stand ich nun vor meinem stattlichen Süddach und mein Nachbar Egon kam unverhofft um die Ecke. Er ist von Natur aus sehr neugierig, vor allem wenn er mit seinem überbreiten Grinsen auftritt. Heute war es wieder genau so.

»Na, Nachbar, was hascht dir denn diesmal wieder aufschwatze lasse? Heute muss es ja granatenmässig laufe mit deinem Strom, oder?« »Sicher«, sagte ich mit etwas Unbehagen und in der Hoffnung, dass er nicht unbedingt auch noch ins Haus will. »Hasch dafür jetzt den Bausparvertrag von deiner Frau gnomme, hä? Bisch halt scho so a Schlitzohr!« Ich war etwas genervt, denn schließlich geht es ihn ja wirklich nichts an. »Nein«, sagte ich, »wir haben das anders geregelt«. »Schlaule«, sagte er grinsend und verschwand wieder.

Ich stand vor meinem Dach und erst jetzt kam mir der Gedanke, wie die Sache mit der Anlage denn nun eigentlich weitergeht. Ein Anruf beim Hersteller der Anlage verriet mir, dass mein Energieversorger die Meldung bekäme, dass die Anlage nun betriebsbereit sei. Daraufhin würden sie demnächst einen Monteur schicken, der meinen alten schwarzen Zähler gegen einen 2-Richtungszähler tauscht. Dieser kann dann den eingekauften Strom zählen und auch den Strom, den wir überschüssig haben und ins Netz weiterleiten. »Aber nicht einschalten!«, mahnte er zum Schluss des Gespräches. »Nein, nein«, gab ich selbstverständlich zur Antwort.

Ich lief in den Keller und stand vor dem tollen Gerät, das überhaupt nicht arbeitete. Draußen schien die Sonne wie selten. Die Schritte zum Einschalten der Anlage habe ich mir vorher natürlich gut gemerkt. »Wäre das denn wirklich so schlimm«?, grübelte ich. »Nur mal probieren, ob die auch alles richtig gemacht haben und die Anlage auch wirklich anläuft. Testen muss man ja schon mal!«, dachte ich mir und drehte den Schalter am Wechselrichter vorsichtig an. Plötzlich hörte ich meine Frau die Treppe runterkommen: »Telefon für Dich, jemand von der Solarfirma!« In Panik schaltete ich schnell wieder auf aus. »Äh … ja bitte«? »Ich wollte Ihnen nur noch sagen, wenn Sie das Rundsteuergerät vom Energieversorger bekommen, dann rufen Sie uns bitte gleich an. Wir müssen das dann noch mit anschließen. Danke und schönen Abend!« Er legte auf. Irritiert schaute ich den Telefonhörer an. »Rund … gerät was«?

Abends rief ich noch Martin an, der ein guter Bekannter von mir ist. Er hatte ebenfalls eine Anlage vor circa drei Monaten von der gleichen Firma bekommen und hatte uns diese deshalb auch wärmstens empfohlen. »Sag mal Martin, was hat es mit dem Runddingsgerät auf sich? Die Solarfirma will da irgendwas bei uns einbauen.« »Also«, erklärte mir Martin. Diese Rundsteuergeräte der Energieversorger können Signale, die dein Energieversorger ins Netz gibt, empfangen und sie geben dieses Signal an deinen Wechselrichter weiter. »Wozu?«, fragte ich vorwurfsvoll. »Die sollen doch meinen Wechselrichter in Ruhe lassen, der tut ihnen doch gar nichts!«

»Also nehmen wir mal an, es gibt an einem schönen, sonnigen Sonntag sehr viel Strom im Niederspannungsnetz, sicher auch aufgrund der vielen Photovoltaikanlagen. Meistens produziert die Industrieanlage am Sonntag sehr wenig, was den Stromüberschuss noch begünstigt. Bei starken Netzüberschüssen kann der Energieversorger unter Berücksichtigung der gesetzlichen Bestimmungen ein Signal ins Netz geben, das deinem Wechselrichter den Auftrag gibt, nur noch 70 Prozent seiner Leistung abzugeben. Drosselung nennt man das.« Auf diese Weise kann der Energieversorger mit der Energie besser jonglieren.

Ich war beeindruckt. Martin klang wie ein Wirtschaftsingenieur der deutschen Energiewirtschaft. Aber er hatte natürlich Recht mit dem, was er sagte. Irgendwie hatte ich mir das Ganze aber einfacher vorgestellt. Na gut, also lassen wir eben noch das Rundsteuergerät mit einbauen. Wer weiß, ob jemals eine Drosselung der Energie stattfinden wird.

Die nächsten drei Tage geschah erstmal gar nichts. Die Sonne schien wie selten zuvor und ich starrte auf meinen astronomischen Stromverbrauch, den ich leider nicht bremsen konnte, obwohl ich alle technischen Möglichkeiten eigentlich zur Hand hatte. »Ich schätze deine Ehrlichkeit«, lobte mich meine allerliebste Ehefrau jeden Tag, der verging und ich die Anlage nicht einschaltete. Nach knapp einer für mich erbarmungslosen Woche meldete sich mein Energieversorger zum sogenannten Zählertausch. »Wir bringen ihnen ihr TRE-Gerät auch gleich mit«, sagte der Mann am Telefon. »TR ... was«? fragte ich zurück. »Die technische Rundsteuereinrichtung, wir bringen sie gleich mit!«, gab er nun nochmals zur Antwort.

Die Herren kamen wie vereinbart morgens zu uns und tauschten den Zähler. »Das TRE-Gerät baut dann noch ihr Elektriker ein«, sagte der Monteur und drückte mir das Teil in die Hand. »Aber nicht die Anlage einschalten, bevor das Teil eingebaut und verdrahtet hat«, betonte er noch einmal sehr deutlich. »Nein, ist klar«, sagte ich demütig.

Er ging und die Anlage blieb weiter aus. In den Schulen gab es heute Hitzefrei und die Freibäder mussten wegen Überfüllung schließen. Irgendwas läuft doch schief bei mir.

Der Elektriker kam dann am übernächsten Tag und baute das ominöse Teil nun ein und verdrahtete es mit dem Wechselrichter. »OK, alles fertig«, sagte er, »dann wollen wir mal. Möchten Sie selber einschalten?« Mein Herz schlug vor Aufregung und ich drehte endlich beide Schalter auf »ON« und die Anlage lief an. »Leider haben wir Regen draußen, da kommt höchstens 20 Prozent herunter«, sagte der Monteur, bevor er ging.

Oben an der Tür stand Egon. »Na, bei dir gehen die Handwerker ja gar nemme aus dem Haus. Was versthecksch denn vor mir? Komm laß halt a mal sehe.« Er ging mit in den Keller und lästerte etwas über den geringen Ertrag ab. »Kauf halt was G´scheidtes, doch nicht so ebbes«, redete er auf mich ein. »Hätsch halt mi mal vorher gfragt. Da gibt's heut a viel bessere Technik, verstehsch?«

Egon ging irgendwie und ich war gefrustet. Alles war schon bestens, aber dieser ganze Aufwand mit dem Hin- und Her, das hat mich irgendwie geschafft. Als ich einige Abende später wieder mit Martin zusammentraf, bestätigte er mir, dass der Ablauf absolut normal sei. »Wie halten die Solarbetriebe das nur aus?«, fragte ich ihn. »Stell dir vor, bei jeder Baustelle immer die gleiche komplizierte Prozedur. Und ich glaube nicht, dass alle Kunden so geduldig sind wie ich!«

Heute läuft die Anlage den dritten Tag bei strömendem Regen. Meine Frau kommt in den Keller, wo ich mich seit Tagen wesentlich mehr aufhalte als in unserem Wohnzimmer. »Sag mal, was machst du hier unten eigentlich?«, fragt sie mit einem deutlichen Unterton. »Naja, ich beobachte den Wechselrichter«, gebe ich zur Antwort. »Abends um 22 Uhr? Ich schlage vor, du kommst mit hoch, sonst brauchen wir beide keinen Wechselrichter, sondern einen Ringrichter.« Manchmal kann sie richtig lieb sein!

Michael Storch wurde am 24. August 1960 in Goslar geboren. Aufgewachsen im hügeligen Leinebergland begann er sich nach seiner gewerblichen Ausbildung verstärkt dem Marketing und Vertrieb zu widmen. Er leitete ein Studio für Bauelemente, bevor er 1990 als Verkaufsleiter eines Fensterherstellers ins schwäbische Heubach kam.

Der gelernte Marketingkaufmann bildete über 150 Vertriebsleute aus und schulte Handelspartner des Unternehmens. Seit 2004 ist er geschäftsführender Gesellschafter eines eigenen Unternehmens im Bereich regenerativer Energien. Zudem leitet er seit 2003 ein Unternehmen im Bereich Marketing und Messebau. Durch den täglichen, intensiven Kontakt mit Menschen aller Art und Kultur sind unvergessene und vor allem humorvolle Eindrücke entstanden, die eingebettet in kurzen Geschichten den Leser sich allzu oft selbst erkennen lassen. Dabei sind die beschriebenen Erlebnisse alltäglich und banal. So gewöhnlich, dass sie manchmal einfach nur komisch sind.

Michael Storch wohnt seit 1997 in Mutlangen, ist verheiratet und hat zwei Kinder.